Dieses Buch gehört:

Inge Maria Grimm

Geschichten aus dem Winterwald

tosa

Umschlag von HP-Graph unter Verwendung
einer Illustration von Christian Heiss
Innenillustrationen von Christian Heiss

Satz: Zehetner Ges. m. b. H., Oberrohrbach
Druck: Ueberreuter Print

Inhalt

1.

Eine Gutenachtgeschichte für die Igelkinder

Der alte Kobold Rindenhut, der am Ufer des Waldsees wohnte, war sehr müde. Er hatte viel gearbeitet. Der Winter stand vor der Tür, die Vorräte mussten in die Baumhöhle geschafft werden. Nüsse, Samen, Körner, aber auch trockenes Laub und Heu. Moos brauchte man zum Auspolstern der Baumhöhle, um gegen die Nässe und den kalten Wind geschützt zu sein. Rindenhut hatte schon viele Winter erlebt und verschlafen, er wusste Bescheid.

Die Koboldbuben Schwipp und Schwapp aber wussten das noch nicht. Sie fanden es höchst lästig, so viel zu arbeiten. Doch Rindenhut ließ sie nicht faulenzen.

„Wer in der Winterszeit etwas zu knabbern haben will, muss sich im Herbst eben plagen“, sagte er. Und dann setzte er hinzu: „Wer warm und trocken schlafen will, muss Laub und Moos herbeischaffen. So ist das nun einmal!“

„Mag aber noch nicht schlafen!“, rief Schwipp.

„Mag auch noch nicht schlafen!“, plapperte ihm sein jüngerer Bruder Schwapp getreulich nach.

„Ja, ja, das sagt sich so leicht“, brummte Rindenhut, „aber lasst es nur einmal richtig Winter werden mit Eis und Schnee, dann werdet ihr schon sehen, wozu ein warmes, trockenes Heubett gut ist.“

Er selber wäre schon zu gerne in die Höhle zum Winterschlaf gekrochen. Er spürte die nahende Kälte in allen Knochen. Doch immer gab es noch etwas zu tun. Und noch etwas! Es nahm kein Ende.

Dabei hatte er doch versprochen, über eine Gutenachtgeschichte für die Igelkinder nachzudenken. Die Igelkinder waren eine unruhige kleine Bande. Ihre Mutter hatte es nicht leicht mit ihnen. Ohne Gutenachtgeschichte wollten sie nicht schlafen gehen. Deshalb hatte sich die Igelmutter an ihn gewandt.

„Hilf mir, Rindenhut, mir fällt keine Geschichte ein", hatte sie gebeten. Und so machte sich der alte Kobold jetzt seufzend auf den Weg zum Winterquartier der Igelfamilie.

Richtig, hier wuselten die Kleinen noch munter herum, während der Igelvater griesgrämig in der Ecke saß und sehr müde dreinsah.

„Na, dann kommt einmal her zu mir, ihr kleines Stachelvolk", sagte Rindenhut und setzte sich auf einen Laubhaufen. Er nahm das jüngste Igelkind auf den Schoß – seine Stacheln waren noch ganz zart und weich, sie konnten noch nicht stechen. Die anderen Geschwister scharten sich dicht um ihn und starrten ihn mit ihren glitzernden Knopfaugen erwartungsvoll an.

„Meine Geschichte heißt: ‚Die letzten drei Äpfel am Baum'", sagte Rindenhut. Und dann begann er zu erzählen.

Da hingen einmal drei rotbackige Äpfel an einem Baum. Es waren die letzten von vielen Äpfeln. Alle Blätter waren schon abgefallen, nur die drei Äpfel hingen noch ganz fest an ihren Ästen. Unter dem Baum aber saßen drei Igelkinder und warteten darauf, dass die Äpfel endlich herunter ins Gras fielen. Aber sie fielen und fielen nicht herunter.

Weil nun die Igelkinder gar zu gerne die frischen, saftigen Äpfel gegessen hätten, hielten sie Rat, wie sie es wohl anstellen müssten, um sie zu bekommen.

Das jüngste Igelkind sagte: „Ich will die Äpfel bitten, herunterzuspringen." Und dann rief es in den Baum hinauf: „Ach bitte, bitte, springt doch herunter, ihr schönen Äpfel!" Das zweite Igelkind fügte hinzu: „Springt doch herunter, ihr schönen, guten Äpfel!" Und das dritte rief: „Springt doch herunter, ihr schönen, guten, lieben Äpfel!"

Aber die drei Rotbackigen lachten nur hochmütig und dachten nicht daran, den Igelkindern diese Freude zu machen.

Da kam ein großer zottiger Hund vorbei, der hörte die kleinen Igel betteln und bellte freundlich:

„Wartet, ich will euch helfen. Ich werde ganz laut bellen, so laut ich nur kann, da werden die Äpfel sicher vor Schreck herunterpurzeln."

Die Igelkinder fanden das sehr nett von ihm und freuten sich. Der Hund bellte und heulte so laut, dass es schaurig klang. Doch den Äpfeln machte das nichts aus. Die blieben oben am Baum sitzen und glänzten schadenfroh herunter.

Da kam der Herbstwind dahergefegt. Der blies in das welke Laub, dass es nur so durch die Luft tanzte. Auch die Äste und Zweige schüttelte er. Als das die Igelkinder sahen, riefen sie: „Ach bitte, lieber Herbstwind, blase doch ganz fest

in den Apfelbaum! Ganz, ganz fest!“

Der Wind blies wirklich ganz fest in den Baum und da machte es auf einmal „plumps“ – und die drei rotbackigen Äpfel lagen im Gras.

Oh, da freuten sich die Igelkinder! Sie bedankten sich beim Herbstwind und dann begannen sie miteinander die drei schönen, rotbackigen Äpfel zu verschmausen. Und wie gut die schmecken, wisst ihr ja wohl selber.

Damit beendete der alte Kobold seine Geschichte. Die Igelkinder saßen jetzt still und zufrieden da. Der Igelvater aber schnarchte schon.

„So, und jetzt husch, husch in euer Laubbett, ihr kleine Gesellschaft!“, sagte Rindenhut und die Igelmutter nickte ihm dankbar zu.

Da begannen die kleinen Igelkinder eines nach dem anderen zu gähnen und sie krochen brav in ihr Laubbett.

„Ich wollte, ich könnte auch schon meinen Winterschlaf halten", dachte Rindenhut, „aber zuerst müssen ja noch Schwipp und Schwapp zur Ruhe gebracht werden. Das wird nicht so leicht sein wie bei den Igelkindern!"

Ja, gar so leicht sollte das wirklich nicht sein, doch eines Tages war es dann auch so weit. Mit den ersten Schneeflocken begann die Winterruhe am Koboldsee.

2.

Das Mondhörnchen

Es ist sehr kalt geworden. Am Morgen liegt weißer Reif auf Ästen, Gräsern und Schilfhalmen. Es wird nicht mehr lange dauern, bis der See mit einer dünnen Eisschicht bedeckt sein wird. An seinen Rändern, in den kleinen Buchten, schimmert es schon weiß. Fische und Wassertiere haben sich in die Tiefe zurückgezogen. Dort ist das Wasser wärmer und sie fühlen sich wohl.

Viele Vögel sind in südliche Länder geflogen und die Meisen, Finken, Hänflinge und Amseln, die hier geblieben sind, singen nicht mehr. Sie sitzen müde unter den dichten Zweigen der Bäume und fliegen nur aus, um sich Futter zu beschaffen.

Fast alle kleinen Waldtiere haben sich zurückgezogen. Manche liegen schon im Winterschlaf oder sie richten sich ihre Schlupfwinkel warm und behaglich ein. Nur ab und zu, um die Mittagszeit, stecken sie ihre Schnäuzlein ins Freie.

Am Ufer des jetzt so still gewordenen Koboldsees treiben sich nur mehr Schwipp und Schwapp herum. Sie wollen noch nicht zum Winterschlaf in die Baumhöhle kriechen. Sie finden es draußen im Freien viel lustiger, auch wenn es kalt und feucht ist. Auf dem glatten, eisigen Stamm einer Buche kann man eine feine Rutschpartie machen. Hei, da saust man hinunter wie der Blitz! Die Koboldlausbuben schreien und lachen, dass man es weithin hören kann.

Empört schaut die Elster aus ihrem Schlupfwinkel. Eine Wildente schnattert im Schilf und ein alter Eichkater schimpft:

„Unerhört! Hat man denn gar keine Ruhe!“ Er wirft eine Eichel nach den beiden Störenfrieden. Doch wen kümmert das schon? Schwipp und Schwapp lassen sich nicht stören bei ihrem lustigen Treiben. Schließlich steckt Rindenhut seinen Kopf aus der Baumhöhle und fragt verschlafen: „Was treibt ihr denn da? Was ist das für ein Geschrei?“

„Wir haben eine feine Rutsche ...“, schreit Schwipp.

„Ja, ja, eine feine Rutsche ...“, kommt das Echo von Schwapp. Und beide flitzen vom Baumstamm hinunter.

Rindenhut brummelt etwas vor sich hin, aber bei dem Gelärme ist es nicht zu verstehen. Auch der uralte Schilfmeister mit dem langen Bart blinzelt aus dem Schilfbau. Er schüttelt den Kopf über das laute Treiben, streicht sich den Bart und meint: „Ihr solltet lieber in eure Höhle kriechen, es kommt Schnee."

Er sog die Luft prüfend durch die Nase ein und nickte. „Ja, ja, es gibt bald Schnee. Nehmt euch in Acht!"

Doch Schwipp und Schwapp schüttelten die Köpfe. „Wir wollen noch nicht schlafen, wir sind noch gar nicht müde!"

„Das kann ich von mir nicht behaupten", gähnte Rindenhut und zog sich wieder zurück.

Sein Gähnen musste ansteckend gewesen sein, denn auch der Schilfmeister verzog den Mund und murmelte dann: „Gute

Nacht, ich gehe jetzt wieder schlafen ..."

So konnte die Rutschpartie munter weitergehen.

Es wurde düster. Die Sonne ging jetzt schon zeitig unter. Auf einmal starrte Schwipp zum Himmel hinauf. Seine Augen wurden groß und rund, er rief: „Schau, Schwapp, da hängt ein komisches silbernes Ding über dem See!"

„Wo, wo hängt ein komisches silbernes Ding?", krähte Schwapp. Sein Bruder wies mit dem Finger hinauf. Es war der Mond, der eben aufgegangen war. Ein ganz junger, dünner Mond, eine schmale Sichel, die über dem dunklen Wasser stand.

So schmal hatten die Koboldbrüder den Mond noch nicht gesehen, sie kannten ihn nur rund und voll. Sie liefen nahe ans Ufer, denn sie

glaubten, das silberne Ding erreichen zu können. Erstaunt guckte der grüne Wasserpantscher aus dem Schilf. „Hööőhöö, wohin wollt ihr denn, ihr beiden?"

Statt einer Antwort rief Schwipp: „Wasserpantscher, was ist denn das für ein komisches Ding da oben?"

Der Wasserpantscher drehte seinen dicken Kopf und starrte zum Himmel hinauf. Ein verschmitztes Lächeln zog über sein Gesicht als er geheimnisvoll murmelte: „Das dort oben? Das ist ein feines silbernes Hörnchen, das seht ihr doch!"

„Ein Hörnchen zum hineinblasen?", fragte Schwipp.

Der Grüne lachte laut auf. „Weiß der Kuckuck, vielleicht kann man auch hineinblasen? Aber *haben* muss man es erst einmal, sonst kann man ja nichts mit ihm anstellen, ihr Knirpse!"

Das Gelächter des Wasserpantschers klang immer ein bisschen nach Froschquaken. Schließlich stammte er ja aus einer alten Wassermannfamilie, und die war irgendwie mit den Fröschen verwandt.

Die Koboldbrüder aber merkten den Spaß nicht, den sich der Wasserpantscher mit ihnen machte. Sie nahmen alles für wahr mit dem silbernen Hörnchen. Deshalb hatten sie es jetzt auf einmal sehr eilig. Sie rannten am Ufer entlang, um das Mondhörnchen einzufangen. Es schien ganz niedrig über einem Gebüsch zu schweben, man musste es nur herunterholen. Sie waren sehr aufgeregt. Da fiel ihnen ein, dass sie ja etwas brauchten, um das silberne Hörnchen festzubinden. Vielleicht schwebte es wie ein Luftballon am Himmel, den musste man ja auch an einer Schnur halten, damit er nicht davonflog.

„Wir brauchen eine lange Schnur“, sagte Schwipp.

„Ja, ja, eine lange Schnur ...“, wiederholte Schwapp.

Wo sollten sie die aber jetzt hernehmen? Oder zumindest etwas Ähnliches? Eine dürre Ranke von einem Strauch würde es wohl auch tun. Die Ranken vom Geißblattstrauch waren lang und fest, man fand sie überall im Wald. Bald hatten sie eine geeignete gefunden. Sie war sehr lang und es war nicht leicht, sie herunterzureißen und zu tragen. Damit sie in der Dunkelheit nicht darüber stolperten, gebot Schwipp:

„Ich gehe als Erster und ziehe

die Ranke hinter mir her. Du hältst das andere Ende fest, hast du verstanden?"

„Ja, ja, ich gehe hinter dir und halte das andere Ende fest", nickte Schwapp.

Sie zogen los. Mittlerweile war es im Wald ganz dunkel geworden. Schwipp bahnte sich den Weg durch Gräser und Ufergebüsch und Schwapp stolperte ihm, weiter hinten, folgsam nach. Er hielt das Ende der langen Ranke mit beiden Händen fest und ließ sich einfach führen.

Wie ein seltsames Gespann ziehen die beiden so durch den Wald. Das silberne Mondhörnchen leuchtet am Himmel dicht über dem Seeufer. Schwipp denkt: „Jetzt kann es nicht mehr weit sein, bald werden wir es erreicht haben. Wird das eine Überraschung, wenn wir es in die Baumhöhle bringen!“

Schwapp weiter hinten denkt: „Wenn wir nur schon dort wären! Ich fürchte mich. Schwipp ist so weit weg, ich kann ihn gar nicht sehen …“

Da spürt er auf einmal einen Ruck. Ist die dürre Ranke entzweigerissen? Aber nein, es geht wieder weiter. Schwapp hält das Ende krampfhaft fest und stolpert vorwärts. Er merkt gar nicht, dass es jetzt in eine andere Richtung geht.

Seltsam, die Ranke vor ihm verschwindet in einem Erdloch. Warum denn in ein Erdloch? Der kleine Schwapp ist ratlos, aber er ist gewohnt in allem seinem älteren Bruder zu folgen. Er kriecht brav hinter der Ranke her in das dunkle Erdloch.

Das ist ja ganz unheimlich! Nicht einmal das silberne Hörnchen ist mehr zu sehen. Es geht immer weiter in das enge, feuchte Dunkel. Wann kommen sie denn endlich wieder hinaus? Dem kleinen Schwapp kollern die Tränen über das runde Koboldgesicht, aber er lässt die Ranke nicht los.

„Schwipp!“, ruft er, „Schwiiipp!“ – keine Antwort. Was ist da nur geschehen?

Nun zu Schwipp. Er wandert weiter am Ufer und zieht die Ranke hinter sich her. Er merkt es nicht, dass er nur einen Teil davon zieht. Er merkt auch nicht, dass Schwapp nicht mehr hinter ihm ist. Er wundert sich nur darüber, dass sie schon so lange gegangen sind und das silberne Hörnchen immer noch nicht erreicht haben. „Merkwürdig! Vielleicht läuft es vor uns

davon", denkt er. Und dann will er sich mit seinem Bruder beraten. Er bleibt stehen und ruft in die Dunkelheit: „Schwaaaapp! Hörst du mich, Schwapp?"

Nichts rührt sich hinter ihm. Er zieht ganz fest an der dürren Ranke. Sie raschelt wie eine dünne lange Schlange über den Boden. Da ist schon das Ende. Aber niemand hält es fest, kein Schwapp hängt dran. Wo ist Schwapp geblieben?

Die Ranke ist auch viel kürzer. Sie muss gerissen sein. Er hat seinen Bruder Schwapp verloren.

„Schwapp", jammert er, „Schwapp, wo bist du?"

Aber niemand gibt Antwort. Es ist still im Wald, still und dunkel. Nur das silberne Mondhörnchen wirft ein schwaches Licht auf den See. So, als ob nichts geschehen wäre. Dabei ist es doch schuld an der ganzen Geschichte, oder etwa nicht?

3.

Was mit Schwapp geschah

Die magere graubraune Ratte war in ihr unterirdisches Nest zurückgekehrt. Sie schleifte eine dürre Ranke hinter sich her und ihre acht Rattenkinder stürzten sich quietschend und johlend darauf. Das war ein willkommenes Spielzeug für sie.

„Lasst das, ihr Bengel", schimpfte die Mutter, „das brauche ich, um unsere Wohnung für den Winter herzurichten."

Aber die Rattenkinder hörten nicht auf sie. Sie rissen an der Ranke und balgten sich um sie. Es ging drunter und drüber im Rattennest mit Geschrei und Gepfauche.

Plötzlich aber trat Stille ein. Den

kleinen Ratten blieben die spitzen Schnäuzlein offen stehen und die alte Ratte stieß einen überraschten Pfiff aus. Was war denn das?

Mit dem Ende der Ranke war ein fremdes Geschöpf auf zwei Beinen mit einer merkwürdigen Zipfelmütze hereingestolpert. Der Fremdling musste gebückt gehen, denn die unterirdische Wohnung der Rattenfamilie war für ihn zu niedrig. Und jetzt schlug er die Hände vors Gesicht und stieß jammervolle Töne aus. „Huuuuuhuuuuu huuuu …“

Schwapp war es, der arme kleine Schwapp, der so im Rattennest schluchzte. Er fürchtete sich und zitterte am ganzen Körper.

Die alte Ratte fasste sich als Erste: „He, was willst du da?“, fuhr sie ihn an. Man weiß ja, dass Ratten keine guten Manieren haben.

Schwapp heulte: „Wir – wir wollten doch nur das silberne Mondhörnchen fangen ..."

„Mondhörnchen? Das kann jeder sagen", knurrte die alte Ratte. „Wer ist *wir?*"

„Mein Bruder Schwipp und ich. Wir sind Waldkobolde."

„Waldkobolde?", überlegte die Ratte, von denen hatte sie noch nichts gehört. Die Rattenkinder aber stießen einander an und johlten: „Waldkobolde ... dumme Waldkobolde!"

Schwapp wandte sich jetzt bittend an die Rattenmutter: „Wie komme ich denn wieder hinaus? Zu meinem Bruder Schwipp?"

„Nichts da. Hier geblieben. Du wirst für mich arbeiten! Ich habe acht Kinder, es gibt Arbeit in Hülle und Fülle! Es schadet gar nichts, wenn so ein Faulpelz wie du einmal arbeiten lernt.“

Die alte Ratte lachte höhnisch. Schwapp aber starrte sie verzweifelt an. Hier bleiben sollte er? In diesem schmutzigen, engen Rattennest, bei den quietschenden, grässlichen Rattenkindern?

Die kleinen Ratten stürzten sich auch gleich auf ihn. Für sie war das ein großer Spaß. Sie zupften und stießen ihn und eines versuchte gar, ihn mit seinen winzigen Zähnen ins Bein zu beißen.

„Au, au!“, schrie Schwapp und schlug um sich. Aber da quietschte die freche Bande, noch lauter und trieb ihren Spott mit ihm.

Armer, armer Schwapp! Er war in eine arge Lage geraten. Sobald es irgendwie ging, nahm er sich vor, würde er ausreißen. Das war seine einzige Hoffnung.

Schwipp hatte oben im Wald den Verlust seines Bruders bemerkt. Er lief zurück zur Koboldhöhle und rief:

„Schwapp ist weg! Schwapp ist verloren gegangen ..." So laut er nur konnte, schrie er und dazwischen schluchzte er, denn es ging ihm sehr zu Herzen.

In dem stillen Winterwald hörten alle seine Rufe. Rindenhut, der Schilfmeister und der Wasserpantscher kamen herbei und fragten bestürzt, was denn geschehen sei.

Auch die große Waldohreule war gekommen und hörte sich die Geschichte an. Mit ihren hellen runden Augen starrte sie Schwipp an und hörte stumm zu. Sie sah immer streng und etwas mürrisch drein. Auf die Koboldlausbuben war sie gar nicht gut zu sprechen. Ärger-

lich sagte sie, als sie alles gehört hatte:

„Ja, ja, das kommt davon, wenn zwei unfolgsame, unnütze kleine Kobolde in der Nacht davonlaufen, um den Mond zu fangen. Hat man so etwas schon gehört?"

Schwipp ließ den Kopf hängen. Die alte Eule hatte ja Recht. Die Jagd auf das Mondhörnchen war sein Einfall gewesen.

Da bat der Schilfmeister: „Würdest du bitte am Seeufer nach unserem Schwapp Ausschau halten? Mit deinen großen Augen siehst du ja viel besser als unsereins!"

„Natürlich helfe ich euch", nickte die Waldohreule. „Ich werde mich gleich auf die Suche machen!"

Sie funkelte mit ihren hellen Augen noch einmal den zerknirschten Schwipp an und flog dann lautlos davon.

Sorgenvoll blickte der Schilfmeister zum Himmel hinauf. Es waren keine Sterne zu sehen, auch die schmale Mondsichel war schon untergegangen.

„Hoffentlich fängt es nicht an zu schneien", dachte der alte Kobold, „das wäre schlimm für den kleinen Schwapp!"

Tatsächlich war am nächsten Morgen alles weiß. Es war zwar nur eine dünne Schneedecke, aber sie genügte, um alle Spuren zuzudecken. So sehr man auch die Umgebung absuchte, Schwapp war wie vom Erdboden verschwunden. Und das stimmte ja auch, denn er steckte *unter* der Erde in dem grässlichen Rattennest.

Während man im Wald nach ihm suchte, musste er für die Rattenfamilie arbeiten. Schluchzend versuchte er den Befehlen der alten

Ratte nachzukommen. Die unangenehmsten Arbeiten trug sie ihm auf. Dabei waren ihm die schlimmen Rattenkinder immer im Weg. Sie trieben ihre Späße mit ihm und ärgerten ihn, wo sie nur konnten. Wenn dann die Mutter nach Hause kam, schrie sie: „Bist du noch nicht fertig mit der Arbeit, du Faulpelz?"

Sie ließ ihn gar nicht zu Wort kommen, sondern schlug ihn mit ihrem langen Schwanz über die Finger. Die Rattenkinder schrien und johlten vor Vergnügen und balgten sich miteinander.

„Wirst du wohl besser aufpassen auf meine Kinder, du nichtsnutziger Kobold!", schimpfte die alte Ratte.

„Aber sie sind so schlimm und folgen mir nicht …", schluchzte der arme Schwapp.

„Papperlapapp, dumme Ausre-

den! Beeile dich mit deiner Arbeit, ich muss noch einmal ausgehen. Vergiss nicht allen Kindern das Fell zu bürsten und die Pfoten zu putzen, bevor sie schlafen gehen, hörst du!"

Schwapp war sehr unglücklich. Wie sollte er das nur alles fertig bringen? Außerdem fürchtete er sich vor den bösartigen Rattenkindern. Als sie ihn dann wieder stießen und bedrängten, fiel ihm in seiner Verzweiflung ein Mittel ein, wie er sich die Schar vom Halse halten könne. Er ging hin und band die Schwänzlein aller Rattenkinder zusammen. Blitzschnell machte er daraus einen großen Knoten. Die kleinen Ratten quietschten empört und versuchten ihn mit ihren spitzen Zähnchen zu beißen. Aber sie konnten nicht auseinander, so sehr sie auch zogen und zerrten, die Schwänzlein blieben verknotet. Sie mussten beieinander bleiben.

„Jetzt oder nie“, dachte Schwapp. Er musste die Gelegenheit zur Flucht nützen, ehe die alte Ratte zurückkam.

Er rannte und rannte den langen, dunklen Gang entlang, durch den er hereingekommen war. Endlich zeigte ein schwacher Lichtschein an, dass er sich am Ausgang befand.

Doch kaum hatte er den Kopf ins Freie gesteckt, geschah etwas Erschreckendes. Große dunkle Flügel waren plötzlich dicht über ihm. Er spürte einen harten, festen Griff und wurde in die Höhe gehoben. Schwapp wollte schreien, aber vor Entsetzen brachte er keinen Laut heraus.

„Jetzt ist es mit mir zu Ende!“,

dachte er. Doch da fiel er unsanft zu Boden. Das schreckliche Wesen mit den scharfen Krallen hatte ihn fallen gelassen. Eine Stimme schnarrte dicht über ihm: „Schau, schau, da habe ich aber heute eine seltsame Ratte gefangen!"

Das war zu viel für den armen Schwapp. Laut heulte er los: „Bin keine Ratte, bin ... bin der Schwapp von den Waldkobolden ..."

Die große Waldohreule funkelte ihn mit ihren gelben Augen an. Jetzt erkannte auch sie den kleinen Schwapp. Sie stieß einen ihrer dumpfen Laute aus und schnarrte:

„Na, das trifft sich ja gut! Alle suchen schon nach dir, da werde ich dich gleich mit nach Hause nehmen."

„Ja, ja, bitte! Nimm mich mit ...", schrie Schwapp. Da packte sie ihn

beim Kittel und flog mit ihm davon.

War das eine Freude, als die Kobolde wieder vereint waren! Schwipp konnte es gar nicht fassen, dass sein verloren gegangener Bruder wieder da war. Der grüne Wasserpantscher strahlte über das ganze Gesicht. Rindenhut nahm seine Eichelpfeife aus dem Mund und grinste: „Da ist er ja heil zurück, der kleine Mondhörnchenjäger!“

Der Schilfmeister aber legte seine Hand auf den Kopf des Kleinen und sagte: „Wir haben uns deinetwegen große Sorgen gemacht!“

Der Waldohreule aber gebührte besonderer Dank. Wer weiß, ob der kleine Schwapp ohne ihre Hilfe den Weg nach Hause gefunden hätte?

4.

Ein Abenteuer beginnt

Es war Winter geworden. Still und verlassen lag der Wald. Eine dünne Eisdecke überzog die Wasserfläche des kleinen Sees. Struppig gelb und zerzaust stand das Schilf am Ufer. Es sah aus wie der Stoppelbart um das Gesicht eines schlafenden Riesen.

Frösche und Unken waren verstummt. Die Wildenten weitergezogen, nur die Schreie der hungrigen Krähen durchbrachen die Stille.

Der Nebel war im kalten Nordwind erstarrt. In winzigen gefrorenen Wassertröpfchen hing er an den Ästen der Bäume und Sträucher. Wenn auf kurze Zeit die Son-

ne hervorkam, glitzerte der Wald, als wäre er aus Glas. Doch das dauerte nicht lange. Der gläserne Schmuck fiel klirrend ab oder zerschmolz.

Geschneit hatte es auch schon. Der Schnee war aber nur in Mulden und Gräben liegen geblieben. Darüber freuten sich Rehe und Hasen, denn es war wirklich kein Vergnügen, das Futter aus dem Schnee herauszuscharren.

Von den kleinen Kobolden, die im Wald lebten, war nichts zu sehen. Sie schliefen in ihrer trockenen Baumhöhle. Das taten ja auch Igel, Hamster, Dachse und Eichhörnchen. Viele kleine Tiere hatten sich zum Winterschlaf zurückgezogen.

Dem alten Kobold Rindenhut waren die Augen gleich zugefallen. Auch der Schilfmeister mit dem langen Bart meinte, dass man die kalte Zeit am besten verschlafen sollte. So hatte man es schon seit vielen hundert Jahren gehalten. Der grüne Wasserpantscher war ein abgehärteter Bursche, aber auch er hatte seine schwimmende Insel verlassen. Er war in einen Schilfbau am Ufer gekrochen, als Untermieter bei seinen Freunden, den Bibern. Dort schnarchte er jetzt friedlich vor sich hin.

Sogar die kleinen Koboldbrüder Schwipp und Schwapp sind endlich schlafen gegangen. Lange haben sie sich dagegen gesträubt, aber dann war es doch so weit. Jetzt sind ihnen die Augen zugefallen.

In der Baumhöhle ist Platz genug für drei oder vier. Die mächtige Fichte, die ihnen Obdach bietet, steht dicht am Seeufer. Wenn der Sturm sie zaust, dann knarrt und knirscht sie. Das ist das Winter-Schlaflied für die Kobolde. So sind sie es gewöhnt.

Tief unter Laub, Heu und Moos vergraben liegen die Kleinen. Rindenhut hat sich vorgenommen, nicht früher aufzuwachen, bevor ihn nicht die Amsel weckt. „Wecker-Amsel" nennen sie die Kobolde. Sie weckt ja auch immer pünktlich zum Frühlingsbeginn.

„Wieso weiß sie das?", hatte der kleine Schwapp einmal gefragt.

„Sie hat ein Uhrwerk im Bauch und weiß genau, wann es so weit ist!", hatte der alte Rindenhut geschmunzelt. Auf die Amsel konnte er sich verlassen, deshalb schlief er auch so fest.

Aber jetzt raschelt etwas in der dunklen Baumhöhle. Etwas be-

wegt sich unter Laub und Moos. Zwei kleine Arme kommen zum Vorschein, ein rundes Gesichtchen. Die braune Zipfelmütze liegt irgendwo vergraben, die struppigen Haare sehen aus wie ein winziges Krähennest. Das ist Schwipp. Weiß der Himmel, warum er aufgewacht ist! Vielleicht hat ihn ein Lichtstrahl, der durch eine Ritze gedrungen ist, aufgeweckt. Oder er hat zu lebhaft geträumt. Jedenfalls ist er wach und reibt sich mit den Fäusten die Augen. Holla, auf einmal hat er mächtigen Appetit.

In einer Ecke der Baumhöhle liegen immer ein paar Nusskerne oder ähnliche gute Dinge. Schwipp langt danach und beginnt zu knabbern. Dabei wird er immer munterer. Sein Bruder Schwapp schläft noch fest. Schwipp stößt ihn mit dem Ellbogen an und flüstert:

„He, Schwapp! Ich mag nicht mehr schlafen. Schlafen ist so langweilig!"

Schwapp bewegt sich und grunzt vor sich hin. Da hält ihm Schwipp eine Haselnuss unter die Nase. Haselnüsse essen beide besonders gern. Schwapp schnuppert wie ein Eichhörnchen. Dann setzt er sich mit einem Ruck auf. Zuerst sieht er gar nichts. Die Zipfelmütze ist ihm beim Schlafen bis auf die Nase gerutscht. Er schiebt sie in die Höhe, gähnt und sagt artig: „Guten Morgen."

„Weiß nicht, ob es gerade Morgen ist", lacht Schwipp, „aber ich bin auf alle Fälle ausgeschlafen."

„Bin auch ausgeschlafen", nickt Schwapp und greift nach der Haselnuss.

„Hör nur, wie Rindenhut schnarcht!", kichert Schwipp.

„Nicht aufwecken!“ Sie kriechen zum Höhleneingang, der mit Moos verschlossen ist. Durch eine Ritze dringt es ganz hell herein. „Komm, kriechen wir leise hinaus!“

Schwipp schiebt den Moospolster zur Seite und kriecht aus der Baumhöhle.

Was blieb dem kleinen Schwapp anderes übrig, als ihm zu folgen? Geblendet standen die Koboldbuben vor der alten Fichte. Es glitzerte im Wald. Alles war mit Raureif überzogen. Die schrägen Strahlen der Wintersonne ließen Äste und Gräser funkeln. Die beiden, die aus dem Dunkel kamen, mussten sich die Augen zuhalten. Es war zu viel Helligkeit auf einmal. Aber man gewöhnte sich schnell daran. Sie fanden den verzauberten Winterwald wunderschön.

„Schau, Schwapp! Schau, was

ich habe!“, schrie Schwipp und hielt ein Blatt mit weißen Eiskristallen in die Höhe. „Und ich habe auch etwas!“ jubelte Schwapp. Er hatte ein dünnes Eisplättchen gefunden. Man konnte hindurch sehen und es glänzte in den schönsten Farben. So etwas hatten die Koboldbuben noch nicht erlebt. Sie wanderten zusammen weiter in den Wald hinein. Herrlich war das, nach dem langen Stillliegen wieder die Beine zu bewegen!

Sie sprangen über Baumwurzeln. Sie kletterten über Steine und morsches Holz. Dann liefen sie auf dem Stamm eines gefällten Baumes entlang und schaukelten in den Zweigen einer jungen Tanne. Sie achteten weder auf die Richtung, in die sie gingen, noch auf die Zeit. Die Bäume warfen schon lange Schatten, es wurde bitterkalt.

Eine große Lichtung breitete sich vor ihnen aus. Viele Fichten und junge Tannenbäume lagen auf dem Boden. Warum eigentlich? Schwipp und Schwapp wunderten sich. Dass die Menschen große, starke Bäume fällten, wussten sie. Man brauchte ihr Holz. Wozu aber wurden kleine, zarte Bäume umgeschnitten?

Warum nur? Sie sollten es bald erfahren.

5.

Auf dem Weihnachtsmarkt

Trotz der Winterruhe im Wald und am Seeufer hatte es sich herumgesprochen, dass die Koboldbrüder Schwipp und Schwapp vermisst wurden. Sie waren von ihrem Ausflug nicht mehr in die Baumhöhle zurückgekehrt. Rindenhut, der aufgewacht war, war sehr besorgt und auch die anderen Kobolde und Freunde waren bestürzt. Wo blieben die Kleinen nur? Was war geschehen?

Endlich hatte die Elster, die ja immer das Neueste wusste, eine Erklärung.

„Ich habe sie gesehen, die kleinen Nichtsnutze", berichtete sie.

„Es war dort, wo die jungen Bäume gefällt werden. Die Menschen brauchen sie für das Weihnachtsfest. Sie schmücken die Tannenbäume und stellen sie in ihre Häuser. Deshalb müssen die Bäume umgeschnitten und auf Lastwagen verladen werden. Die Lastwagen fahren mit ihnen in die Stadt auf den Weihnachtsmarkt. Dort werden sie verkauft. Das habe ich alles schon gesehen!"

Die Elster plusterte ihr Gefieder auf und tat sehr wichtig.

„Aber was haben denn Schwipp und Schwapp damit zu tun?", fragte ratlos der Schilfmeister.

„Sie haben sich dort herumgetrieben, wo die jungen Bäume verladen werden! Das habe ich selbst gesehen. Wenn sie nur nicht so neugierig wären! Es ist ihnen zuzutrauen, dass sie auch auf einen Lastwagen geklettert sind ..."

„Dann wären sie ja mitsamt den umgeschnittenen Bäumen in die Stadt auf den Weihnachtsmarkt gefahren!“, rief Rindenhut.

Der Wasserpantscher quakte vor Schreck laut auf. Das war ja nicht auszudenken – zwei kleine Waldkobolde in der Stadt! Was konnte ihnen dort alles zustoßen!

„Dann muss ich wohl auf den Weihnachtsmarkt fliegen“, überlegte die Elster. „Ich habe in der Stadt ein paar bekannte Krähen, die werden mir weiterhelfen.“

Darüber waren die Kobolde sehr froh, vielleicht konnte die Elster doch die beiden Ausreißer finden und ihnen behilflich sein, wieder zurückzukommen.

Die Elster aber fühlte sich als äußerst wichtige Person und rüstete sich gleich zu ihrem Flug.

Auf dem Weihnachtsmarkt in

der nahen Stadt traf sie tatsächlich ihre Freundinnen, die Krähen, und besprach den Fall mit ihnen.

Eine der alten Krähen, die besonders gute Augen hatte, entdeckte am nächsten Morgen die kleinen Koboldlausbuben, wie sie gerade aus einem Reisighaufen herauskrochen. Sie flatterte hinunter und stolzierte auf die beiden zu.

„Ha, ihr zwei! Ihr seid doch die Kobolde aus dem Wald? Was treibt ihr denn da? Man macht sich solche Sorgen um euch!"

Schwipp und Schwapp ließen die Köpfe hängen. Ganz kleinlaut sagte Schwipp: „Ja, wir haben schon genug von der großen Stadt. Es ist so schrecklich laut hier und man erschrickt vor so vielen Dingen. Wir wollen lieber nach Hause!"

„Ja, ja, wir wollen wieder nach

Hause in den Wald!", plapperte auch Schwapp. Die beiden fühlten sich hier in dem Lärm und Trubel ganz verloren und sehnten sich nach der Stille des Winterwaldes.

Sie waren lange auf dem Weihnachtsmarkt herumgestrolcht, hatten sich neugierig alles angeschaut und hatten gestaunt über all die wunderbaren, seltsamen Dinge, die es hier zu sehen gab. Natürlich hatten sie sich nur in der Nacht aus ihrem Versteck hervorgewagt. Bei Tage wäre das viel zu gefährlich gewesen. Die vielen Menschenfüße, die vorbeirasenden Autoräder! Nein, die kleinen Kobolde hätten sich da nicht hinausgetraut.

Sie hockten unter dem Reisighaufen, auf dem man Zweige und Abfälle der Christbaumverkäufer geworfen hatte, und warteten, bis es dunkel und stiller wurde.

Wie sie so dasaßen, aneinander geschmiegt, hörten sie plötzlich vertraute Laute. Tierlaute. Ein Piepsen und Pfeifen, das ihnen aus dem Wald vertraut war.

„He, holla! Ist da wer?“, rief Schwipp.

„Ist da wer?“, kam Schwapps Echo.

„Ja, ja – ich bin es!“, piepste es zurück. Ein graues Mäuslein arbeitete sich durch das Astgewirr. Es machte Männchen vor den Kobolden und reckte das Schnäuzlein keck in die Höhe. Schwipp und Schwapp starrten die Maus überrascht an. Auch sie schien über diese Begegnung erstaunt zu sein. Sie fuhr sich mit den Vorderpfötchen über den Mäuseschnurrbart und rief: „Wer seid ihr? So etwas wie euch habe ich noch nie gesehen!“

Die Kobolde waren heilfroh, hier, wo alles fremd und unheimlich war, ein vertrautes Tier zu treffen. Mäuse und ähnliche Vierbeiner kannten sie ja gut, die gab es im Wald genug.

Dort waren es allerdings Wald- und Feldmäuse, keine Stadtmäuse. Doch der Anblick der kleinen Maus war jedenfalls ein Trost. So beeilten sie sich, Auskunft zu geben.

„Wir sind Kobolde aus dem Wald beim Koboldsee. Ich heiße Schwipp."

„Und ich bin der Schwapp", fügte der Kleinere hinzu. Die Stadtmaus konnte es kaum glauben. Gab es denn so etwas, Kobolde, die aus dem Wald kamen?

„Ihr kommt wirklich aus dem Wald, aus einem richtigen, großen Wald?" Sie war ganz aufgeregt. Ihr

Mäuseschwänzlein zuckte hin und her und die winzigen Augen glitzerten.

„Meine Großmutter hat mir immer vom Wald erzählt. Dort muss es ganz herrlich sein, viel schöner als hier in den Kellern und Dachböden ..."

„Oh, es ist tausendmal schöner!", riefen die Kobolde. Heimweh und Sehnsucht klangen dabei mit.

Die Stadtmaus huschte ein Stück näher und piepste: „Ach, wenn ich wüsste, wie ich von hier in den Wald käme, würde ich alles liegen und stehen lassen. Auch die süßen Krümel beim Zuckerbäcker und sogar die Speckschwarte, die ich erst gestern in mein Kellerloch geschleppt habe!"

„Wir wohnen im Wald in einer warmen, trockenen Baumhöhle

und in unserer Vorratskammer gibt es einen Haufen Körner, Nüsse und Beeren", sagte Schwipp.

„Ja, ja, viele gute Nüsse und Beeren ...", bestätigte Schwapp.

Mit glänzenden Augen flüsterte die kleine Stadtmaus: „Das muss wundervoll sein, in einer Baumhöhle zu wohnen und so viele Vorräte zu haben!" Sie wollte noch mehr vom Wald und von der Baumhöhle hören. Nichts taten die Kobolde lieber, als von zu Hause zu erzählen. So saßen sie viele, viele Stunden unter dem Reisighaufen beisammen und redeten und redeten. Die kleine Maus war eine dankbare Zuhörerin. Sie konnte nicht genug hören von dem Leben und Treiben im Wald. Das Heimweh, das Schwipp und Schwapp aber verspürten, wurde immer größer. So beschlossen sie, sobald es irgendwie möglich war, nach Hause zurückzukehren. Die Stadtmaus wollte mit ihnen gehen. Von diesem Vorhaben ließ sie sich nicht abbringen.

Wie gut, dass sie die Krähe getroffen hatten. Sie kannte sich sowohl im Wald als auch in der Stadt gut aus. Sie konnte den Kobolden sagen, wo die Lastwagen standen, die am nächsten Morgen wieder in den Wald hinausfuhren, um neue Weihnachtsbäume zu holen. Es war für die Kobolde und die Stadtmaus nicht schwer, sich unbemerkt auf der Ladefläche eines Wagens einzuschmuggeln. Als „blinde Passagiere" erreichten sie so wieder die Waldlichtung, von der sie weggefahren waren.

Kaum hatte der Wagen angehalten, kletterten Schwipp und Schwapp hinunter auf den Wald-

boden. Die Stadtmaus sprang hinterher.

„Wenn ich wieder in unserer Baumhöhle bin, esse ich fünf Haselnüsse, so hungrig bin ich!“, rief Schwipp.

„Und ich esse zwei Hände voll Beeren“, schrie Schwapp.

Die kleine Stadtmaus aber starrte einen der hohen Bäume an, legte die Vorderpfötchen übereinander und murmelte: „Jetzt bin ich im Wald. Im richtigen großen Wald. Ach, wenn das meine Großmutter wüsste …“

6.

Die Stadtmaus im Winterwald

Sie waren zwar gut im Wald angekommen, aber bis zum Ufer des Sees, wo die Kobolde daheim waren, zog sich der Weg. Sie mussten noch ein großes Stück laufen. Nach der Lichtung, wo die jungen Bäume gefällt wurden, ging es zwischen dicken Baumstämmen dahin, dann kam eine Wiese. Dort musste ein zugefrorenes Bächlein überquert werden, danach kam wieder ein Jungwald. Schwipp war stolz, dass er den Weg kannte. Schwapp sah bedenklich drein, er hätte den richtigen Weg nicht gefunden. Aber sein Bruder war da ganz sicher, er blieb stehen, hob schnuppernd die kleine Nase und erklärte:

„Ich kann den See schon riechen. Er ist nicht mehr weit von hier.“ Jetzt versuchte auch Schwapp zu schnuppern. Er stellte fest: „Hm, es riecht ganz anders als in der Stadt, es riecht nach zu Hause!“

Nur die Stadtmaus schüttelte den Kopf. „Ich kann nur Speckschwarten riechen und Kuchen und Käse. Aber einen See? Das kann ich nicht.“

„Du wirst es schon noch lernen“, tröstete sie Schwipp. „Im Wald riecht alles anders als in der Stadt.“

Sie liefen weiter. Doch bald setzte sich die Stadtmaus in den Schnee und jammerte: „Auweh, meine Füße! Sie sind schon ganz wund, weil der Schnee so hart ist und so kalt!“ Sie hielt den Kobolden ihre kleinen rosa Mausfüße hin und sah recht verzweifelt drein.

„Du bist eben das Gehen auf dem gefrorenen Boden nicht gewohnt", meinte Schwipp, „aber jetzt ist es nicht mehr weit."

„In der Stadt sind alle Wege glatt, da kann man viel besser laufen als in eurem Wald", klagte die Maus.

Schwapp wollte sie trösten: „Schau, mir tun die Füße auch weh, aber das geht vorbei!"

„Dir können nur zwei Füße wehtun, mir tun doppelt so viele weh, weil ich vier habe", sagte die Stadtmaus spitz. Sie wollte auf keinen Fall weiterlaufen. Ratlos standen die Kobolde neben ihr. Was sollten sie nur machen? Wenn die Maus hier im Schnee sitzen blieb, konnte sie ja erfrieren.

„Könnt ihr mich nicht ein Stück

tragen? Wenigstens ein kleines Stück?“, bat sie.

„Dich tragen?“ Schwipp sah zweifelnd auf sie hinunter. „Ich kann es ja einmal versuchen, aber ich glaube, du bist doch zu schwer …“

„Ich bin ganz leicht, hab ja seit gestern Abend nichts gefressen“, erwiderte die Stadtmaus. Und dann sprang sie mit einem Satz auf Schwipps Rücken, umklammerte ihn mit ihren Pfötchen und schrie: „Hühott, Pferdchen lauf Galopp!“ Der arme Schwipp stapfte mühsam dahin. Von Galopp konnte keine Rede sein, er keuchte: „Du bist doch schwer, meine Liebe, auch wenn du nichts gegessen hast …“

„Na, ein kurzes Stück wirst du mich doch tragen können, oder bist du so ein Schwächling?“

Schwipp bereute es zutiefst, dass

er sich diese Last aufgebürdet hatte. Die Stadtmaus war nicht mehr zu bewegen, auf ihren eigenen empfindlichen Füßchen zu laufen. Sie fand das Huckepacktragen sehr angenehm. Es war eine sehr bequeme Art der Fortbewegung.

Endlich lag das Seeufer vor ihnen. Schwipp ließ die Maus mit einem Plumps von seinem Rücken fallen und jubelte: „Unser Waldsee! Wir sind daheim!"

„Daheim! Wieder daheim!", schrie auch Schwapp.

Die kleine Stadtmaus aber blickte verwundert auf die große weiße Fläche, die sich vor ihnen ausbreitete, und fragte:

„Wo ist das Wasser? Ich sehe kein Wasser!"

„Es ist unter dem Eis. Man kann es erst sehen, wenn das Eis geschmolzen ist", erklärte Schwipp.

Enttäuscht schüttelte die Stadtmaus ihr Schnäuzlein. Das hatte sie sich ganz anders vorgestellt.

Eine stämmige dunkelbraune Gestalt trat plötzlich hinter einem Baumstamm hervor und eilte auf die drei zu.

„Rindenhut! Wir sind wieder da!“, schrien die Koboldbrüder. Der gute alte Rindenhut, was hatte er sich für Sorgen gemacht um die beiden Kleinen! Zufällig war er einmal aus seinem Winterschlaf erwacht und hatte die Baumhöhle leer gefunden.

„Da seid ihr ja wieder, ihr Ausreißer! Was ist euch denn da eingefallen?“

„Sei nicht böse, Rindenhut, wir haben gedacht, du schläfst und wirst nichts davon bemerken, dass wir einen Ausflug in den Wald machen. Wir wollten uns dann wieder ganz still niederlegen ..." Schwipp umarmte den alten Kobold. Auch Schwapp hängte sich an ihn und plapperte:

„Ja, ja ... wollten uns wieder ganz still niederlegen ..." Und dann gähnte er herzhaft: „Bin ja schon sooo müde!"

„Dann wird es höchste Zeit, dass ihr in euer Laubbett kommt. Ich brauche ihn auch schon dringend, meinen Winterschlaf – einen guten, langen, ungestörten Schlaf!"

Rindenhut wandte sich dem Eingang der Baumhöhle zu. Er hatte die kleine Stadtmaus noch gar nicht bemerkt. Doch die quietschte jetzt empört: „Was? Schlafen wollt ihr? Ja, gibt es denn so etwas? Jetzt ins Bett kriechen und schlafen!"

„Ja, wen habt ihr denn da mitgebracht?", staunte der alte Kobold.

Er starrte die freche Maus kopfschüttelnd an.

„Das ist eine Stadtmaus, die wir unterwegs getroffen haben, sie wollte so gerne einmal unseren Wald und den See kennen lernen. Ihre Großmutter hat ihr davon erzählt", erklärte Schwipp.

„Ja, und deshalb haben wir sie mitgenommen", ergänzte Schwapp. „Schwipp hat sie tragen müssen, denn ihre Pfötchen sind das Laufen auf dem Eis nicht gewohnt."

Die Stadtmaus nickte zu seinen Worten. Zur Bestätigung hielt sie Rindenhut ihre wunden rosa Pfötchen hin. Dazu rief sie vorwurfsvoll: „Ihr habt sehr schlechte Wege hier. Für den Fremdenverkehr tut ihr gar nichts. Man kann sich glatt die Füße blutig schinden!"

Rindenhut starrte die kecke

Maus fassungslos an. Eine Stadtmaus hier im Wald? Das konnte ja nicht gut gehen. Doch die kleine Graue kümmerte das wenig.

„Ich heiße Trixi, ihr dürft mich auch so nennen", erklärte sie und es klang ein wenig von oben herab, trotzdem sie ja die Kleinste war.

„Und jetzt will ich endlich eure Baumhöhle sehen, die Vorratskammer und alles, was es sonst noch zu besichtigen gibt!"

„Wenn das nur gut geht", dachte der alte Rindenhut. Laut aber sagte er: „Bei uns gibt es nichts zu besichtigen, für uns Waldbewohner ist Winterschlafenszeit und deshalb wollen wir jetzt in unser Laubbett kriechen!"

Da stieß die Maus Trixi einen schrillen Mäusepfiff aus und rief: „Das werden wir ja sehen, was aus eurem Winterschlaf wird! Aber bitte, du kannst mich gleich zur Baumhöhle tragen, so wie Schwipp es getan hat."

„Fällt mir nicht ein. Die paar Schritte kannst du selber laufen. Wenn du hier bei uns leben willst, musst du dich schon an den Waldboden gewöhnen." Ungerührt stapfte Rindenhut davon.

Die Koboldbrüder sahen einander an. Allerhand! Rindenhut wagte es sogar, sich der kecken Stadtmaus zu widersetzen. Das beeindruckte sie sehr.

Trixi, die Stadtmaus, aber ärgerte sich. „Ungehobelter Waldklotz", dachte sie, „dem muss ich erst Manieren beibringen!" Mit diesem Vorsatz trippelte sie vorsichtig auf ihren rosa Mausepfoten hinter den Kobolden her in den hohlen Baum.

7.

Unruhige Zeiten

Seit einigen Wochen lebte nun die kleine Stadtmaus bei ihren Freunden im Winterwald. In Rindenhuts trockener, warmer Baumhöhle hatte auch sie noch Platz gefunden. Für Schwipp und Schwapp war das sehr vergnüglich, denn ihre neue Freundin steckte voll Übermut und Tatendrang. Sie überraschte immer wieder mit neuen Einfällen, die die Koboldbrüder begeisterten. Der arme, müde Rindenhut allerdings entsetzte sich darüber. Es kam ihm vor, als sei ein Heer von wilden Ameisen in seine stille Behausung eingebrochen. Das hätte auch nicht mehr Unordnung und Durcheinander schaffen können als die langschwänzige freche Trixi und mit ihr die Koboldbrüder.

Wirklich, Rindenhut war verzweifelt. Er hatte es ja geahnt, dass mit diesem Besuch unruhige Zeiten hereinbrechen würden. Freilich, dass es so arg kommen würde, hatte er doch nicht gedacht.

An einen geruhsamen Winterschlaf war nicht mehr zu denken. In der Baumhöhle wurde ununterbrochen gepfiffen, gepiepst, geschrien und gesungen. Alles lag kunterbunt in der Höhle verstreut. Die Stadtmaus räumte nie etwas auf. Was sie mit ihren Mausezähnchen anknabberte und nicht ganz auffressen mochte, ließ sie einfach liegen. Sie versteckte Rindenhuts Eichelpfeife und fegte mir ihrem Schwänzchen vor seinen Füßen herum, dass er darüber stolperte. Sie benahm sich überhaupt so keck und unverfroren, als wäre sie allein die Besitzerin der Baumhöhle und nicht nur ein Gast. Der arme Rindenhut atmete jedes Mal erleichtert auf, wenn Trixi und mit ihr natürlich Schwipp und Schwapp die Höhle verließen. Dann hatte er wenigstens für kurze Zeit Ruhe und konnte die Augen schließen. Doch die drei trieben es draußen im Winterwald genauso übermütig wie drin in der Baumhöhle. Vielleicht noch etwas ärger. Und damit weckten sie die ganze Umgebung auf. Sogar die Eichhörnchen lugten von den Baumnestern. Vögel wurden aufgescheucht und ein paar junge Hasen kamen neugierig durch den Schnee gehoppelt. Aber auch die anderen Kobolde, der Schilfmeis-

ter und der Wasserpantscher, fühlten sich gestört.

Der gutmütige, friedliebende Wasserpantscher! Er schnarchte im Schilfbau am Ufer des Sees und träumte von seiner schwimmenden Insel. Im Schlaf bewegte er seine grünen Arme so, als wollte er sich mit der Ruderstange vom Ufer abstoßen. Um seinen Froschmund spielte ein zufriedenes Lächeln. Da – plötzlich gellte ängstliches Pfeifen und Quietschen in seine Träume. Lärm, Rufe, Schreie erschreckten ihn. Er fuhr von seinem Lager auf. Er strich sich die grünen Haare aus dem Gesicht und schüttelte den Kopf. Was war los? Warum weckte man ihn? Es war doch noch nicht Frühlingszeit!

Doch bevor er sich über alles im Klaren war, stolperte auch schon einer der kleinen Kobolde herein. Schwipp schrie:

„Hilfe! Wasserpantscher, hilf uns! Sie ist in ein Wasserloch gefallen – komm rasch, sonst muss sie ertrinken!"

„Wer? Wer ist in ein Wasserloch gefallen?", quakte der Wasserpantscher.

„Trixi, unsere Trixi!"

„Wer ist Trixi?" Der Grüne wusste ja nichts von der Ankunft der Stadtmaus. Man musste ihm das erst erklären.

„Trixi ist die Stadtmaus, die bei uns zu Besuch ist. Sie wollte auf dem Eis tanzen und dabei ist sie in das Wasserloch gerutscht. Und wir können sie nicht allein herausziehen. Komm schnell ..."

Schwipp packte den verdutzten Wasserpantscher bei der Hand und zog ihn mit sich fort. Der Grüne war ein wenig langsam im Denken. Er konnte es immer noch nicht fassen, dass man ihn aus dem Winterschlaf geweckt hatte, weil eine fremde Maus aus der Stadt ausgerechnet auf dem Eis seines Sees tanzen wollte. Verwirrt schüttelte er den Kopf, watschelte aber dann eilig dem kleinen Kobold nach.

Nicht weit vom Ufer entfernt, auf der Eisdecke, erblickte er Schwapp. Er lag bäuchlings auf dem Eis und hielt mit beiden Händen irgendetwas fest. Als sie näher gekommen waren, sah er, dass dieses Etwas ein dünnes, graues Mäuseschwänzlein war. Die Maus, die dazugehörte, strampelte verzweifelt im Wasser. Sie klammerte sich mit den Vorderpfötchen an den Rand der Eisdecke, doch sie rutschte immer wieder ab. Dabei stieß sie schrille Angstpfiffe aus

und Schwapp heulte dazu: „Sie ertrinkt! Sie ertrinkt ...“ Ohne sich lange zu besinnen, griff der Wasserpantscher zu. Mit einem kräftigen Ruck zog er die Verunglückte aufs Trockene.

„Gerettet – hurra, gerettet!“, jubelten die Koboldbrüder und sprangen begeistert um den Grünen herum. Jetzt erst betrachtete der Wasserpantscher die fremde Stadtmaus. Sie war sehr mager, sehr grau und tropfnass. Außerdem zitterte sie am ganzen Leib. Trotzdem hob sie die kleine Schnauze, richtete ihre glänzenden Mausaugen auf ihren Retter und piepste:

„Vielen Dank für Ihre Hilfe! Aber wenn ich jetzt nicht schleunigst in die Wärme komme, werde ich auf der Stelle ein Eiszapfen!“

Was blieb dem Grünen da anderes übrig, als die Maus und die Koboldbrüder mit in seinen Schilfbau zu nehmen? Wohin sollte er sie sonst bringen?

In seiner Behausung kuschelte sich die nasse Trixi sofort ins trockene Schilf, putzte sich die Wassertropfen aus dem Fell und schaute dann den Wasserpantscher erwartungsvoll an. Auch Schwipp und Schwapp saßen gespannt da und schienen auf etwas zu warten. Wollten sie unterhalten werden oder irgendwie bewirtet?

Der Grüne war müde. Er gähnte laut. Er wollte wieder schlafen gehen, schließlich war ja noch Schlafenszeit, Winterszeit. Seit etlichen hundert Jahren pflegten er und die Kobolde die kalte Jahreszeit ungestört zu verschlafen.

Der kecken Stadtmaus aber war nicht nach Winterschlaf zumute.

Als sie sich das letzte Restchen Nässe aus dem Fell geputzt hatte, guckte sie wieder sehr munter in die Runde und rief: „Na, und was machen wir jetzt?"

Der Wasserpantscher sah sie verständnislos an.

„Was? Wie meinst du das?"

„Ich meine, es muss doch etwas geschehen", rief die Stadtmaus, „man kann doch nicht den ganzen Tag nur langweilig verschlafen!"

Sie raschelte wild in dem Schilfbett herum, drehte sich wie ein Kreisel, haschte nach ihrem Schwänzlein und schrie: „Ätsch, ätsch, das könnt ihr nicht! Ihr habt ja keinen so schönen Mäuseschwanz wie ich!"

Die Koboldbrüder lachten und klatschten Beifall.

„Ja, ja, Trixi hat recht, wir wollen

Spaß haben, es muss etwas los sein bei uns!“

„Ja, was – was soll denn los sein ...?“ Dem Wasserpantscher wollte das nicht in den müden Kopf. Er starrte die übermütige Maus an und wünschte, er hätte sie nie in seinen ruhigen Schilfbau eingelassen.

Doch Trixi lachte ihr schrilles Mäuselachen und rief:

„In der Stadt, wo ich herkomme, ist es nicht so still und verschlafen wie bei euch! Da geschieht immer etwas. Da kann man viel mehr Spaß haben.“

Und dann quietschte sie laut auf. Es ging dem Wasserpantscher durch Mark und Bein, er erschrak sehr. Doch bevor er noch fragen konnte, was denn schon wieder passiert sei, sprang die Stadtmaus auf Schwipp und Schwapp zu, packte sie bei den Händen und schrie:

„Ich habe eine Idee! Eine ganz feine, lustige Idee! Wir wollen Musik machen. Kommt, wir wollen Musik machen ..." Und dann zog sie die beiden mit sich fort, aus dem Schilfbau des Wasserpantschers hinaus.

Der saß immer noch ganz verdutzt da und schüttelte den großen grünen Kopf. Er wusste wirklich nicht, was er davon halten sollte. Auf jeden Fall war er froh, dass die drei abgezogen waren.

„Hoffentlich geht diese grässliche Maus wieder in ihre Stadt zurück", dachte er, „die brauchen wir hier im Wald wirklich nicht!" Und dann wälzte er sich auf sein Schilflager, gähnte und schloss die Augen.

Doch kaum war eine Weile Ruhe, ertönte es schon wieder von

draußen: „Heee, hallo, Wasserpantscher? Schläfst du?"

„Leider nein", quakte der Grüne ärgerlich. Wer störte ihn denn da schon wieder?

Diesmal war es Rindenhut, der eintrat. Der alte Kobold sah ebenfalls verschlafen und missmutig drein. Sein brauner Hut aus einem Rindenstück saß schief auf dem Kopf. Die Eichelpfeife hielt er in der Hand und seine sonst so gutmütigen Koboldaugen blickten finster. Er brummte:

„Waren die drei nicht eben bei dir, Wasserpantscher?" Der Grüne nickte.

„Ich hörte es aus deinem Schilfbau quietschen und lärmen. Das wirst du wohl nicht selber gewesen sein?"

Der Wasserpantscher hob abwehrend die grünen Hände.

„Gott bewahre! Diese verflixte Stadtmaus war hier, mit Schwipp und Schwapp."

„Sicher haben sie einen neuen Unfug ausgeheckt."

Der müde Wasserpantscher nickte wieder. Und dann berichtete er seinem Freund Rindenhut, was sich bei ihm ereignet hatte.

Rindenhut rückte seinen Hut zurecht, steckte die Eichelpfeife in den Mund und sagte verärgert:

„Diese Stadtmaus ist eine wahre Plage! Immer gibt es Ärger mit ihr. Sie ist so ein unruhiges Geschöpf, sie bringt nur Lärm und Aufregung in unseren stillen Wald. Wer kann da noch an Winterschlaf denken? Und Schwipp und Schwapp werden durch sie nur zu dummen Streichen angestiftet!"

Der Grüne pflichtete ihm bei: „Ja, ja, du hast Recht, dieses kecke

Ding aus der Stadt hat uns hier gerade noch gefehlt!“

In diesem Augenblick ertönte vor dem Schilfbau gräulicher Lärm. Ein Pfeifen, Klappern und Quietschen in so abscheulichen Tönen, wie man es hier in der stillen Einsamkeit noch nicht gehört hatte. Entsetzt sprangen Rindenhut und der Grüne auf. Und da marschierten schon Schwipp und Schwapp und die Maus Trixi in die Schilfhöhle. Schwipp blies auf einer Weidenpfeife, Schwapp schlug mit aller Kraft zwei Steine gegeneinander, die Maus aber gab den Takt an und sang mit ihrer Quietschstimme dazu. Es klang schauerlich.

„Aufhören! Sofort hört ihr mit dem Lärm auf!“, schrie Rindenhut und hielt sich die Ohren zu.

„Hinaus mit euch, ihr schauder-

haften Musikanten!", quakte der Wasserpantscher.

„Wir machen Musik! Wir machen lustige Musik!", johlten die Koboldbrüder.

Durch den Lärm angelockt, erschien jetzt auch der Schilfmeister. Er blinzelte verschlafen um sich.

„Wer stört hier unsere Winterruhe?" Sein Blick fiel auf die kleine Stadtmaus. Doch die ließ sich nicht einschüchtern. Keck rief sie:

„Man wird doch noch ein bisschen Musik machen dürfen! Ich habe meine schönsten Mauslieder gesungen. Seid doch froh, ihr alten Schlafmützen, dass es endlich hier in eurem Winterwald Spaß und Unterhaltung gibt!"

Dem alten Schilfmeister blieb der Mund offen stehen vor Entsetzen. Er konnte kein Wort hervorbringen. Auch Rindenhut und der

Wasserpantscher standen da wie erstarrt. Noch nie hatte es jemand gewagt, so zu ihnen zu sprechen.

Die freche Stadtmaus aber quietschte spöttisch und rief: „Kommt, wir ziehen weiter! Unsere Musik soll man im ganzen Wald hören …“

Und Schwipp und Schwapp folgten ihr.

8.

Ein Spottlied auf die Krähen

Wieder einmal suchte Rindenhut verzweifelt nach seiner Eichelpfeife. Sie war nicht zu finden. Er kramte in der Baumhöhle herum, schaute in jeden Winkel, drehte alles um. Wo war sie nur hingekommen? Dieses verflixte Mausgeschöpf, diese Trixi, sicher hatte sie die Pfeife versteckt!

Als die Maus gerade in die Höhle huschte, entlud sich sein Zorn auf sie.

„Habe ich dir nicht schon hundertmal gesagt, dass du meine Pfeife nicht anrühren sollst? Jetzt kann ich sie nicht finden, bring sie sofort zurück!"

Die Stadtmaus schaute ihn

furchtlos und ein bisschen beleidigt an, zuckte die Achseln und sagte dann schnippisch:

„Man wird doch noch mit dieser dummen Pfeife spielen dürfen! Ich habe ja nichts davon abgeknabbert. Aber bitte schön, hier ist sie. Es macht mir sowieso keinen Spaß mehr, mit ihr zu spielen …"

Sie kramte die Eichelpfeife unter ihrem unordentlichen Laubbett hervor und schob sie Rindenhut hin. Der schüttelte den Kopf über so viel Unverschämtheit. Er wies auf die Unordnung und meinte seufzend, die Maus möge gefälligst Krümel und Körner, die verstreut herumlagen, einsammeln.

„Habe im Augenblick keine Zeit dafür", piepste Trixi, „vielleicht später einmal!" Und sie sauste davon.

Als sie dann mit den Koboldbrü-

dern wieder zurückkam, dachte sie auch nicht daran, Ordnung zu machen. Die drei waren mit ganz anderen Plänen beschäftigt.

Schwipp rief: „Denke dir nur, Rindenhut, wir haben schon alle eingeladen. Alle, die wir erreichen konnten!“

„Wozu eingeladen?“, fragte Rindenhut misstrauisch.

„Zum großen Faschingsfest auf dem Eis“, schrie Schwipp. „Ja, ja, zum Faschingsfest auf dem Eis“, schrie auch Schwapp.

Verständnislos schaute Rindenhut von einem zum anderen. *Faschingsfest?* Was war denn das schon wieder für ein neuer Unfug? Sicher steckte die freche Maus dahinter. Die ließ sich dazu auch gleich vernehmen:

„In der Stadt nennen die Menschen diese Zeit Fasching. Sie treiben lustige Dinge, verkleiden sich und tanzen die ganze Nacht. Das wollen wir hier auch tun, deshalb haben wir alle eingeladen."

„Alle, alle haben wir eingeladen!", schrien die Koboldbrüder begeistert. Sie tanzten in der engen Baumhöhle herum und machten einen Riesenwirbel.

Rindenhut griff sich an den Kopf.

„Das ist ja entsetzlich! Was ist euch denn da wieder eingefallen? Seid ihr verrückt geworden?"

Die Stadtmaus fand sein entsetztes Gesicht so komisch, dass sie vor Vergnügen quietschte. Sie packte Schwipp und Schwapp bei den Händen und drehte sich mit ihnen. Dazu sang sie eines ihrer frechen Mauslieder:

„Ene bene dumme Katz'
lässt die Maus in das Haus!

Ene bene Katz' ist dumm,
alle Mäuse drehn sich um!"

Dieses alberne Lied lernten die Koboldbrüder ganz schnell und sangen begeistert mit.

Was blieb dem armen Rindenhut anderes übrig, als aus der Baumhöhle zu flüchten? Er stapfte hinüber ins Schilf, um sich mit seinen Freunden, dem Schilfmeister und dem Wasserpantscher, zu beraten.

Wenn man gute Ohren hatte, konnte man sie schon von weitem schnarchen hören. Die hatten ja keine störende Stadtmaus in ihren Behausungen, dachte Rindenhut neiderfüllt. Wie gerne hätte er auch seinen friedlichen Winterschlaf gehalten!

Endlich konnte er dem Schilfmeister sein Herz ausschütten. Als er die Geschichte von dem geplan-

ten Faschingsfest auf dem Eis erzählt hatte, schüttelte der Alte mit dem langen Bart den Kopf und brummte:

„Ich habe es ja geahnt, dass diese Maus aus der Stadt nur Unruhe und Ärger in unseren Winterwald bringen wird!"

„Wir müssen ihr verbieten, Dinge zu unternehmen, die unsere Ruhe hier stören. Ganz energisch verbieten!"

Doch Rindenhut ahnte schon, dass bei dem kecken kleinen Geschöpf keine Ermahnung und kein Verbot etwas nützen würde.

Gerade flog ein Krähenschwarm über den See. Eine Krähe löste sich von den anderen und flatterte auf die beiden Kobolde zu. Sie neigte höflich den Kopf und krächzte:

„Verehrter Schilfmeister und du, Freund Rindenhut, seid gegrüßt!

Ich muss eine Klage bei euch vorbringen, eine ernsthafte Klage! Es handelt sich um diese Stadtmaus, die bei euch wohnt ..."

Der Schilfmeister und Rindenhut blickten einander vielsagend an. Da hatte man es ja schon! Was mochte das freche Geschöpf nur angestellt haben? Sie sollten es gleich erfahren, denn die Krähe krächzte aufgebracht: „Dieses nichtsnutzige Ding, das wir bisher geschont haben, weil es unter eurem Schutz steht, wagt es uns zu verhöhnen. Diese unverschämte Maus singt Spottlieder über uns Krähen. Spottlieder! Es ist wirklich unerhört!"

„Nun, ich habe bisher nur Spottlieder über Katzen gehört, von Krähenliedern ist mir nichts bekannt", versuchte Rindenhut die Krähe zu beruhigen.

Doch die plusterte ihr schwarzes Gefieder auf und krächzte böse: „Dieses abscheuliche Mausgeschöpf hat über uns laut gespottet, so wahr ich hier vor euch stehe! Da hört ihr es ja selber, wie sie wieder singen und lärmen!" Die Krähe wies mit dem Schnabel in die Richtung, aus der man den Lärm hörte.

Tatsächlich, da kamen die drei übermütig singend dahermarschiert. So laut sie konnten, sangen sie den Spottvers:

„Hutzifa, dumme Krah,
fang mich doch
im Mäuseloch!
Kannst mich nicht erreichen,
musst dich wieder schleichen,
ätsch, ätsch, Hutzifa,
dumme Krah!"

„Unerhört! Unverschämt!“ Die Krähe schlug wild mit den Flügeln und wollte sich schon auf die freche Maus stürzen, da hielt sie der Schilfmeister zurück:

„Lass mich mit ihr reden! Vielleicht kann ich sie zur Vernunft bringen!“

„Ich lasse mir das nicht länger bieten. Ich werde den ganzen Schwarm auf diese Stadtmaus hetzen ...“, krächzte die Krähe und schwang sich in die Luft.

Der Schilfmeister aber ging den dreien so entschlossen entgegen, dass die Koboldbrüder verstummten. Er befahl ihnen streng, sofort aufzuhören.

„Warum sollen wir aufhören zu singen? Es ist doch ein lustiges Lied, ich habe es selbst erfunden ...“, wunderte sich die Stadtmaus.

„Es ist ein Spottlied. Die Krähen fühlen sich gekränkt“, sagte der Schilfmeister.

„Aber es macht doch Spaß, Spottlieder zu singen. Ich mag die Krähen nicht, deshalb macht es mir doppelt soviel Spaß“, quietschte die Maus.

Da riss unserem Rindenhut die Geduld. Drohend stand er vor der kecken Trixi-Maus und rief:

„Wann wirst du endlich begreifen, du nichtsnutziges Ding, dass man nicht immer nur tun kann, was einem Spaß macht? Wenn du dich hier weiter so aufführst, werden wir dich in die Stadt zurückschicken. Dann kannst du von Glück reden, wenn dich unterwegs nicht eine Krähe erwischt und auffrisst!“

„Oh, oh nein, bitte nicht!“, schrie da Trixi erschrocken. Sie begriff, dass es Rindenhut ernst meinte mit seiner Drohung. So böse hatte sie ihn noch nicht erlebt. Eingeschüchtert fragte sie: „Fressen Krähen wirklich Mäuse, oder ist das nur ein Märchen?"

„Das ist kein Märchen, glaube es mir", brummte Rindenhut. Auch der Schilfmeister nickte ernst. Schwipp und Schwapp standen stumm und betroffen daneben. Sie wussten auch nicht, was sie sagen sollten.

Diese Stille nützte der Schilfmeister, um der kecken Stadtmaus ins Gewissen zu reden. Er ermahnte sie in gütigem Ton, keinen Unfug mehr zu treiben, keine Spottlieder zu singen, in der Baumhöhle Ordnung zu halten und keinen Lärm zu machen. Die Maus hörte ausnahmsweise einmal still zu. Sie wollte ja nicht in die Stadt zurück-

geschickt werden, wo es Katzen und Mausefallen und Ähnliches gab. Nein, sie wollte lieber bei ihren Freunden in der Baumhöhle bleiben.

„Ich – ich werde keinen Unfug mehr treiben, ich werde ganz leise sein …“, versprach sie.

Da nickte der Schilfmeister und auch Rindenhut schien zufrieden. Doch ein Zweifel blieb: War es der Stadtmaus wirklich ernst mit dem Versprechen? Wer konnte das schon wissen?

Trixi aber guckte sehr unschuldig von einem zum andern und ihre Mausäuglein glitzerten, als sie fragte:

„Und wie ist das mit dem Faschingsfest? Wir haben doch schon so viele eingeladen. Es wird bestimmt lustig werden. Dagegen könnt ihr doch nichts haben!“

Da riefen auch Schwipp und Schwapp:

„Ja, ja, dagegen könnt ihr wirklich nichts haben!"

Die beiden alten Kobolde seufzten. Sie wussten, das Fest würden sie bestimmt nicht verhindern können. Die Koboldbrüder aber jubelten. Ihrem Fest auf dem Eis stand nun nichts mehr im Wege.

9.

Das Fest auf dem Eis

Noch nie hatte es so etwas gegeben. Ein Fest auf dem Eis des Koboldsees, mitten im Winter, in der stillsten Zeit. Da herrschte fröhliches Treiben, ein Kommen und Gehen, Lachen und Rufen. Es waren ja alle eingeladen worden, die am Seeufer im Winterwald wohnten, zu dem Fest zu kommen. Die Koboldbrüder Schwipp und Schwapp hatten dafür gesorgt, dass alle Winterschläfer geweckt wurden. Sie waren einfach aus ihren warmen Verstecken und Unterschlupfen herausgeholt worden. Schwipp und Schwapp scheuten keine Mühe, sie waren ständig auf den Beinen. Endlich hatten sie es geschafft: Alle kamen, die Rehe und Hasen, die Kaninchen, Eichkätzchen, Meisen, Finken und alle Vögel, die im Winterwald geblieben waren.

Sogar die Krähen stellten sich ein, die zwar immer noch wegen der Spottlieder gekränkt waren. Ihre Neugier auf das Treiben am See war zu groß, sie mussten dabei sein!

Die kleine Stadtmaus hatte die Ermahnungen der alten Kobolde längst vergessen. Sie fühlte sich sehr wichtig. Sie hatte ja die Idee zu dem Faschingsfest gehabt und darauf war sie stolz. Wie aufgezogen flitzte sie zwischen den Gästen umher. Sie pfiff und quietschte und trieb Unfug, wo sie nur konnte. Alle lachten über das putzige kleine Ding, denn sie verstand es, gute Laune zu verbreiten. Natürlich hatte sie sich geschmückt. Auf

dem Kopf trug sie einen Kranz aus winzigen roten Beeren und um den Hals hatte sie eine Kette aus getrockneten Beeren hängen.

Schwipp und Schwapp hatten sich als Schneemänner verkleidet. Das war für sie sehr einfach: Sie mussten sich nur im frisch gefallenen Schnee wälzen, bis sie rundum ganz weiß waren. Auf den Köpfen trugen sie das weiße wollige Gespinst des Geißblattstrauches. Das quoll ja wie Wolle aus den Samenkapseln hervor.

Nun tappten die beiden recht unbeholfen daher und schrien:

„Macht Platz für die Schneemänner! Macht Platz für die Schneemänner!“ Wer nicht rasch genug zur Seite sprang, dem warfen sie einen Schneeball an die Nase. Das ging nicht ohne Geschrei, Gelächter und Gequietsche ab.

Rindenhut, der kein Spaßverderber sein wollte, hatte auch eine lustige Maskerade gewählt. Er ging als Tannenbaum. Von oben bis unten war er mit kleinen Tannenzweigen besteckt. Vom Hut, vom Rücken, den Schultern, den Ärmeln nickten grüne Tannenspitzen. Er sah wirklich aus wie ein wandelnder Tannenbaum, der alte Kobold. Allerdings ein Tannenbaum in Kleinformat.

Der Wasserpantscher wiederum hatte Vogelfedern gesammelt. Mit ihnen war er nun ganz abenteuerlich geschmückt. Fragte man ihn, was denn das vorstellen sollte, schlug er nur mit den Armen, als ob sie Flügel wären, und rief mit seiner komischen Quakstimme „piep, piep". Darüber lachten natürlich alle, es klang sehr merkwürdig.

Die Hasenfamilie lachte so sehr, dass sie sich die Tränen mit den langen Ohren abwischen musste.

Die Kaninchen fassten einander bei den Pfoten und tanzten um den gefiederten Grünen herum. So lange, bis sie vor Übermut auf dem Eis ausrutschten und übereinander purzelten. Die Stadtmaus sprang zwischen den einzelnen Gruppen hin und her und hatte einen Riesenspaß.

So war es ihr recht, so wollte sie es haben! Eigentlich tat sie gerade so, als wären die Festgäste nur gekommen, um *sie* zu unterhalten und ihr Vergnügen zu bereiten.

Auch Husch, das dunkelbraune Eichkätzchen von der hohen Fichte mitten im Wald, war gekommen. Husch hatte sich ganz und gar in Hasenwolle, die er einmal gefunden hatte, eingehüllt. Er bildete

sich ein, er sähe jetzt aus wie ein Bär. Der kleine Eichkater hatte zwar in seinem Leben noch keinen Bären gesehen, aber so war das eben: Er fühlte sich in seiner Vermummung groß und stark, so wie man sich einen Bären eben vorstellt. Er versuchte auch mit einer tiefen Stimme zu brummen und rief immer wieder: „Heee heee, ich bin ein Bär! Ein Bär! Fürchtet euch vor mir!"

Da lachten alle. Sie taten wirklich, als fürchteten sie sich vor ihm. Rindenhut aber verbeugte sich und rief:

„Guten Abend, Herr Bär!
Ist der Kopf nicht zu schwer,
ist der Hals nicht zu dick
und zu breit das Genick?
Wo kommt ihr nur her,
großer Herr Bär?"

So trieben sie ihren Schabernack, lachten, tanzten und sangen und waren alle sehr vergnügt.

Mitten im lustigsten Treiben aber kam noch ein Gast. Er war den meisten, die dort miteinander fröhlich waren, nicht sehr willkommen. Der alte schlaue Rotfuchs war ein übler Bursche, der es faustdick hinter den spitzen Ohren hatte. Schnurgerade kam er über den See auf die Festgesellschaft zu. Er zeigte eine freundliche Schnauze und grüßte höflich nach allen Seiten. Ganz so, als ob er ein biederer, netter, alter Onkel wäre. Er schien es nicht zu bemerken, dass viele der Gäste zurückwichen, dass die Hasen und Kaninchen davonhoppelten und sich hinter den großen Rehen versteckten. Der Rotfuchs tat so, als wäre er zu dem Fest eingeladen. Er hatte sich eine lange Gänsefeder hinters Ohr gesteckt und hielt Ausschau nach einer Tänzerin.

Doch dabei hatte er wenig Glück. Wer wollte schon mit ihm tanzen? Weder Fräulein Reh noch Frau Hase oder eines der Eichkätzchen waren dazu bereit.

Da sprang die freche Stadtmaus herbei. Sie hatte ja keine Ahnung, wie gefährlich der Rotfuchs werden konnte. Sie wollte nur lustig sein und sie wollte, dass alle anderen auf dem Fest lustig waren. So rief sie mit ihrer Quietschstimme: „Hee holla, Leute! Was ist denn los? Warum will denn niemand mit dem Herrn Fuchs tanzen? Kommt, wir wollen doch heute alle lustig sein und Spaß haben!"

Rindenhut, der in ihrer Nähe stand, packte sie beim Mäuseschwänzchen. Er raunte ihr zu:

„Nimm dich in Acht vor diesem Burschen! Geh nicht in seine Nähe! Er mag nämlich Mäuse zum Fressen gern, verstehst du?“

Trixi nahm diese Warnung aber nicht ernst, sie hatte in der Stadt, aus der sie kam, noch nie einen Fuchs kennen gelernt. Sie wusste ja immer alles besser als die anderen, daher rief sie schnippisch:

„Ach was! Du willst mir nur Angst einjagen. Aber es heißt doch in dem Lied: Fuchs, du hast die Gans gestohlen und nicht Fuchs, du hast die *Maus* gestohlen. Habe ich nicht Recht?“

Ehe Rindenhut etwas darauf erwidern konnte, war es schon zu spät. Stolz trippelte die kleine Trixi neben dem großen Rotfuchs einher. *Sie* wollte mit ihm tanzen, sie wollte damit beweisen, dass sie sich nicht fürchtete.

Das Tanzen war für beide ein wenig schwierig. Die Maus war klein, der Fuchs gegen sie sehr groß. Aber sie drehte und sprang vor ihm und er versuchte ihre Drehungen und Sprünge nachzuahmen. Weil aber sein Drehen viel langsamer ging als ihr Gehüpfe, verlor er die kleine Trixi immer wieder aus den Augen. Das machte ihn unruhig, er hatte sie ja schon als Beute, wenn auch als sehr kleine, auserkoren. „Wenn es nichts Besseres gibt, dann wenigstens diese kleine freche Maus", dachte er. So schlug er ihr vor:

„Willst du nicht noch ein bisschen mit mir spazieren gehen? Ich höre dir gerne zu, denn ich weiß, dass du ein kluges und weit gereistes Geschöpf bist."

So ein gerissener Bursche war der alte Rotfuchs!

Die Stadtmaus aber wandte geschmeichelt ihren kleinen Kopf mit dem Beerenkranz dem Fuchs zu und war einverstanden. Rindenhut, der das alles mit angehört hatte, deutete aufgeregt, sie möge doch nicht mit dem Rotfuchs fortgehen, doch es half alles nichts. Trixi beachtete ihn gar nicht. Geschmeichelt lief sie neben dem Fuchs einher.

Da eilte Rindenhut zum Schilfmeister.

„Ein Unheil bahnt sich an", rief er, „Trixi hat mit dem Rotfuchs den Tanzplatz verlassen!"

Auch der Schilfmeister schaute entsetzt drein. So ein Leichtsinn! Wie konnte diese kleine dumme Maus nur ihre Warnungen so missachten? Sie musste sich immer klüger dünken als ihre erfahrenen Freunde, die es gut mit ihr meinten!

„Rasch, wir müssen ihr nach! In unserer Gegenwart wird es der Fuchs nicht wagen, sie zu fressen", befahl der Schilfmeister. Nachdem die beiden Kleinen, Schwipp und Schwapp, davon erfahren hatten, rannten sie, so schnell sie nur konnten, dem Rotfuchs und Trixi nach.

Der schlaue Fuchs hatte die Maus schon ein Stück weit weggeführt von den anderen Festgästen. Mit einschmeichelnder Stimme sagte er:

„Also meine Liebe, ich zeige dir jetzt eine Stelle auf dem See, wo das Eis glatt und blank ist wie ein Spiegel. Wenn der Mond aufgeht, kannst du dich darin betrachten. Dann wirst du sehen, wie reizend dir der Kranz aus roten Beeren steht und wie hübsch du mit deiner Kette bist!"

Diese Rede gefiel der dummen kleinen Stadtmaus sehr. Sie fand den Rotfuchs überaus nett und hegte keinerlei Argwohn. Was er Schlimmes im Sinn hatte, ahnte sie ja nicht.

Als der schlaue Rotfuchs glaubte, weit genug von den Kobolden und den anderen Besuchern des Festes zu sein, blieb er plötzlich stehen und rief:

„Meine liebe kleine Stadtmaus, du überaus kluges, nettes Mäuschen – jetzt habe ich die größte Lust, dich zum Abendessen zu verspeisen. Ja, das habe ich wirklich und ich werde es auch tun ..."

Er riss seine Schnauze auf und zeigte seine spitzen Zähne. Die arme Trixi war wie erstarrt. Sie sah die gierig funkelnden Augen des Fuchses, seine spitzen Zähne, seinen Rachen. Jetzt endlich begriff sie die Gefahr, in der sie schwebte. Sie stieß einen angstvollen Mäusepfiff aus, drehte sich um und sauste davon.

Der Rotfuchs bellte hämisch und setzte ihr nach. Eine wilde Jagd begann nun auf dem Eis. Voll Todesangst rannte die Stadtmaus dahin. Auf der Eisdecke bot sich kein Schlupfloch, kein Versteck, an. Sie rannte und rannte. Hinter ihr her, ganz dicht, rannte der Fuchs. Er wollte sich seine Beute nicht entgehen lassen.

Da ertönte Rindenhuts Stimme: „Hierher! Hierher, bei uns findest du Schutz!"

Und Schwipp rief: „Trixi! Komm zu uns!"

Und dann noch Schwapp: „Trixi! Hierher, wir helfen dir!"

Die Freunde waren nahe. Was für ein Glück!

Die kleine Stadtmaus änderte die Richtung und lief nun auf die Kobolde zu. Dort war Hilfe, dort war Rettung! Irgendwie schaffte sie es, den Zähnen des Fuchses zu entkommen. Mit einem letzten verzweifelten Sprung war sie bei ihren Freunden angelangt. Die umringten sie sogleich schützend. Der Rotfuchs musste aufgeben.

Verdrossen machte er kehrt. Mit den Kobolden wollte er nichts zu tun haben, vor ihnen hatte er Respekt. Das Spiel war verloren. Nun musste er sich nach einer anderen Beute umsehen. „Zu dumm, dieses Pech“, dachte er und schlich davon.

Trixi, die Stadtmaus, aber hockte zitternd und ganz erschöpft von der schrecklichen Flucht vor den Kobolden. Sie konnte keinen Laut hervorbringen, als Rindenhut sagte:

„Das ist noch einmal gut ausgegangen, aber es soll dir eine Warnung sein, liebe Trixi!"

Und der Wasserpantscher, der jetzt auch nachgewatschelt war, quakte:

„Übermut tut selten gut, das sagte schon immer der Karpfen-Urgroßvater! Merke dir das."

Die Koboldbrüder aber sagten gar nichts. Mitleidig streichelten sie die zitternde Maus und nahmen sich vor, von nun an besonders gut auf sie aufzupassen.

10.

Die Geschichte vom Angsthasen

Du bist ein schrecklicher Angsthase!", sagte eines Tages Schwipp zu seinem Bruder Schwapp.

„Was ist ein *Angsthase?*", fragte der kleine Kobold.

„Einer, der vor allem Angst hat", lachte Schwipp.

„Hab aber nicht vor allem Angst, hab nur Angst vor dem Fuchs, vor dem großen Wildschwein, vor den Blitzen und und ..."

„Na, siehst du – vor allem fürchtest du dich! Ich fürchte mich nur vor *einem:* Wenn der Schilfmeister böse wird!"

„Ja, davor hab ich auch Angst", nickte Schwapp. Die Koboldbrüder waren sich wieder einmal einig.

Doch das Wort *Angsthase* beschäftigte den kleinen Schwapp noch lange. Vor allem, was den *Hasen* betraf. Die jungen Hasen waren ja im Frühjahr ihre liebsten Spielgefährten, deshalb interessierte ihn alles, was er über sie hörte. Waren sie wirklich so ängstlich?

Als dichter Schneefall die beiden Koboldbrüder zurück in die Baumhöhle trieb, fanden sie dort den friedlich schlafenden Rindenhut. Trixi, die Stadtmaus, war zu Besuch bei einer Waldmäuse-Familie und so war es im Winterquartier der Kobolde ausnahmsweise sehr still.

Das änderte sich natürlich, als Schwipp und Schwapp erschienen. Rindenhut wachte auf und sagte verschlafen:

„Seid ihr endlich wieder da, ihr Strolche?“

„Ja, ja, es schneit so arg, der Schnee liegt ganz hoch!“, berichtete Schwipp.

„Ja, ganz hoch. Hab Angst vor so viel Schnee!“, rief Schwapp.

„Ach, der Angsthase hat vor allem Angst!“, sagte sein Bruder.

Da war es wieder, das Wort, das Schwapp so beschäftigte. Er wandte sich an den alten Kobold:

„Rindenhut, was ist ein Angsthase?“, fragte er.

Rindenhut setzte sich auf, griff nach seiner Eichelpfeife, rückte seinen Hut zurecht und schmunzelte:

„Ein Angsthase? Nun, da will ich dir eine Geschichte erzählen. Ich erinnere mich an eine hübsche Geschichte von einem Angsthasen. Wollt ihr sie hören?“

„Ja, ja, erzähle, bitte erzähle!", schrien die Kleinen. Und Rindenhut erzählte:

Es war einmal ein Hase. Er sah aus wie alle anderen Hasen, hatte lange Ohren, ein graues Fell und ein helles Schwänzchen. Weil er aber immer Angst hatte, nannte man ihn nur den „Angsthasen".

Besonders arg fürchtete er sich vor dem Gewitterdonner. Die anderen Hasen lachten ihn aus: „Der Donner tut dir doch nichts!" Aber der Angsthase kroch jedes Mal zitternd ins dichteste Gebüsch, wenn ein Gewitter aufzog. Er klappte die Ohren über seine Augen und presste sich ganz flach auf den Boden. Wenn das Gewitter dann vorüber war und kein Donner mehr zu hören war, kroch der Angsthase wieder aus seinem Versteck. Er brauchte sehr lange, um sich von seinem Schock zu erholen.

„So kann das doch nicht weitergehen", meinte eines Tages sein Freund, der dicke Hamster, „du musst endlich etwas tun, um diese blöde Angst loszuwerden!"

„Aber was soll ich denn dagegen tun?", fragte der Angsthase verzagt. Er hätte viel dafür gegeben, von seiner Angst befreit zu werden.

„Vielleicht kann dir die Waldhexe helfen, die hat Salben und Tränklein gegen alles."

„Aber vor der Waldhexe fürchte ich mich ja noch mehr", mümmelte der Hase.

„Dann ist dir nicht zu helfen, du dummer Wackelschwanz", brummte der Hamster und kroch wieder in seinen Bau.

Der Angsthase aber wollte ja sei-

ne Angst loswerden. So dachte er immerzu an die Worte des Hamsters und machte sich eines Tages auf, um die Waldhexe zu suchen. Da er nicht wusste, wo er sie finden würde, fragte er unterwegs einen Raben nach ihrer Hütte.

„Was willst du denn bei der Waldhexe?“, meinte der Rabe. Raben sind bekanntlich sehr neugierig. Der Angsthase erzählte ihm von seinem Anliegen, dass er ein Mittel brauche gegen die Angst. „Ein Mittel, das mir bestimmt hilft“, fügte er hinzu.

Da schüttelte der Rabe sein schwarzes Gefieder und krächzte: „Schnickschnack, die Waldhexe kann dir nicht helfen, wende dich lieber an meine Base, Frau Krähula, die hat bestimmt einen guten Rat für dich!“

Nun gut. Der Angsthase beschloss, zur alten Krähe, Frau Krähula, zu gehen. Die wohnte auf einer hohen Föhre am Waldrand. Sie sah ihn schon von weitem daherhoppeln.

„Was willst du denn von mir, Hase?“, krächzte sie. Der Angsthase erzählte also wieder einmal seine Geschichte und bat dann: „Ach, liebe Frau Krähula, kannst du mir nicht helfen, diese schreckliche Angst loszuwerden?“

Die alte Krähe putzte sich erst umständlich ihr Gefieder, wiegte den Kopf hin und her und sagte endlich:

„Du bist kein leichter Fall, mein Lieber! Doch ich will versuchen, dir zu helfen. Das geht aber nur, wenn du meine Ratschläge genau befolgst, ganz genau, hörst du?“

„Ja, ja, ich will alles tun, was du

mir rätst. Sage mir nur, was ich tun soll."

Da sagte Frau Krähula zu ihm:

„Suche dir bei Vollmond drei Blättchen Ochsenkraut, zwei Stängel Löwenzahn und fünf Hälmchen Tigergras. Diese Kräuter kaue langsam und sorgfältig. Hast du verstanden?"

Der Angsthase nickte. Ja gewiss, das wollte er tun. Aber es war gar nicht so einfach, auf einer großen Wiese Ochsenkraut und Tigergras zu finden. Mit dem Löwenzahn war es ganz leicht. Nun, er hatte lange zu tun, um diese Aufgabe ordentlich zu erfüllen. Als er dann alles getan hatte, war er so müde, dass er unter einen Busch kroch und einschlief.

Er schlief so tief und fest, dass er das Donnergrollen nicht hörte, das ein paar Stunden später losbrach.

Er verschlief einfach das Gewitter. Und wer schläft, kann keine Angst haben, so ist es doch.

Einmal hatte es funktioniert, aber beim nächsten Gewitter fürchtete sich der Angsthase genauso wie früher. Das war sehr traurig!

Wieder hoppelte er zu Frau Krähula, erzählte ihr alles und bat: „Kannst du mir nicht einen besseren Rat geben?"

„Ja, ja, ich habe geahnt, dass du ein schwieriger Fall bist, mein Lieber", krächzte sie. Sie blickte den Angsthasen mit ihren glänzenden Knopfaugen scharf an und sagte: „Sobald das nächste Gewitter aufzieht, musst du so schnell wie möglich sechs Runden um das große Feld laufen. Dabei darfst du nicht stehen bleiben und nicht verschnaufen. Wenn du es sechsmal

geschafft hast, bist du von deiner Angst geheilt!“

Der Angsthase bedankte sich für diesen Rat und wartete also auf die nächsten dunklen Wolken. Als der erste Blitz über den Himmel zuckte, rannte er los. Du meine Güte, das Feld war ja so lang und so breit! Der arme Hase rannte und rannte und rannte. Vor lauter Anstrengung überhörte er den Donner. Er sah auch kaum, wie es blitzte, er spürte nur die Regentropfen auf seinem Fell.

Als er endlich die sechste Runde um das Feld beendet hatte, war das Gewitter vorbei. Die Sonne schob sich zwischen den Wolken hervor. Zum Fürchten hatte der Angsthase diesmal wirklich keine Zeit gehabt. Darüber war er froh und er dachte: „Hoffentlich kommt nicht bald wieder ein Gewitter.

Wenn ich jedes Mal sechs Runden rennen muss, werde ich das nicht lange aushalten!"

Ja, um es ehrlich zu sagen, auch diesmal hatte der Rat nur das eine Mal geholfen. Der Angsthase war sehr traurig darüber. So ging er noch ein drittes Mal zu Frau Krähula, um ihr davon zu berichten.

Diesmal dachte die Krähe lange nach. Dieser schwierige Fall war wirklich schwer zu lösen. Welchen Rat sollte sie dem Angsthasen nur geben? Endlich fiel ihr etwas ein. Bei sich dachte sie: „Wenn das nichts hilft, dann weiß ich nicht mehr weiter!" Aber diesmal war es ein *guter* Rat und Frau Krähula konnte stolz auf ihn sein. Wie lautete er? Die Krähe sagte zu dem Angsthasen, der sehr niedergeschlagen vor ihr saß: „Ich kenne da eine Maus, sie wohnt zwischen den Wurzeln meines Baumes. Von der weiß ich, dass sie sich bei Blitz und Donnerschlag genauso fürchtet wie du. Ich höre ihr Quietschen und Jammern bis hinauf in meine Wohnung. Wie wäre es, wenn du, der große, starke Hase, sie trösten und beschützen möchtest? Versuche es doch einmal!"

Es war ein sonderbarer Rat und er überraschte den Angsthasen. Er, gerade er, sollte die furchtsame Maus beschützen? Er war wohl gegen die Maus groß und stark, aber er hatte doch selber Angst ... Trotzdem, es schmeichelte ihn, für einen Tröster und Beschützer gehalten zu werden.

Beim nächsten Donnergrollen sprang er also – statt sich im Gebäusch zu verkriechen – zu der ängstlichen Maus und rief:

„Du musst dich nicht fürchten,

ich bin bei dir! Es wird dir nichts geschehen."

Und siehe da, die kleine Maus hörte auf zu zittern und zu jammern. Sie schmiegte sich an das Fell des Hasen und blickte vertrauensvoll zu ihm auf.

„Wie gut, dass du da bist, Hase! Jetzt habe ich keine Angst mehr. Du beschützt mich ja, nicht wahr?"

Darüber war der Angsthase so stolz und froh, dass er gar nicht an seine eigene Angst dachte. Zu seiner Überraschung stellte er fest, dass er sich auch nicht mehr fürchtete. Mochte es donnern und blitzen, so viel es wollte, er war ja groß und stark und beschützte die kleine Maus!

Von nun an blieb es so: Bei einem Gewitter saßen sie beisammen und keiner fürchtete sich mehr. Der Rat der alten Krähe hatte diesmal wirklich geholfen.

Als Rindenhut seine Geschichte beendet hatte, sagte Schwapp nachdenklich: „Aber eigentlich dürfte man jetzt nicht mehr ‚Angsthase' zu ihm sagen. Warum tut man es immer noch?"

„Aus Gewohnheit", brummte Rindenhut, „nur aus Gewohnheit. So ist das nun einmal!" Und er kroch wieder in sein Laubbett und schloss die Augen.

11.

Die Schneemänner

Trixi, die kecke Stadtmaus, hatte die Koboldhöhle verlassen. Sie war ins Dorf, nach Unterwurzelbach, gezogen. Dort hoffte sie mehr Unterhaltung und Spaß zu finden als im stillen Winterwald. Die alten Kobolde, vor allem Rindenhut, waren darüber sehr froh. Endlich hatten sie wieder Ruhe und Frieden. Nur Schwipp und Schwapp, die Koboldbrüder, betrauerten den Abschied ihrer Freundin. Trixi mit ihren lustigen Einfällen ging ihnen sehr ab. Doch sie hatte ja versprochen, sie öfters im Wald zu besuchen.

Es war gut, dass das Interesse der Kleinen gerade jetzt auf etwas

Neues gerichtet war. Zum ersten Mal in ihrem Koboldleben sahen sie zwei große, dicke Schneemänner. Sie standen am Waldrand, dort, wo die Straße sich teilte. Rechts ging es nach Unterwurzelbach und links nach Oberwurzelbach.

Die Schulkinder kamen dort immer vorbei und sie waren es auch, die die Schneemänner erbaut hatten. Eigentlich war es ein Schneemann und eine Schneefrau, aber so genau war das nicht zu erkennen. Die Kinder hatten ihnen Namen gegeben. Sie hießen *Mipp* und *Mupp.* Herr Mipp trug einen alten Hut auf seinem dicken Kopf und Frau Mupp hatte ein Tuch umgebunden. Beide guckten aus schwarzen Kohlenaugen und waren mit einer Gelbe-Rübe-Nase ausgestattet.

Die kleinen Kobolde starrten die beiden weißen Riesen erstaunt an, als sie sie zum ersten Mal sahen.

„Sind sie lebendig?“, fragte Schwapp ängstlich.

„Ich glaube, sie können sich nicht vom Fleck bewegen“, sagte Schwipp. Er stupste mit seiner kleinen Faust den Schneemann an. Der war eiskalt und rührte sich nicht. „Siehst du, du brauchst keine Angst vor ihm zu haben, der tut uns nichts!“

Seither besuchten die Koboldbrüder die beiden Schneemänner oft und sie freuten sich, dass es dort etwas zu sehen gab. Die Schulkinder hatten nämlich zwischen Herrn Mipp und Frau Mupp ein Brettchen angebracht, auf das sie Körnerfutter streuten. Nun kamen immer viele Vögel und umschwirrten die Schneemänner. Es hatte sich herumgesprochen im Wald, dass es dort einen Futterplatz gab.

Auch Herr Mipp und Frau Mupp freuten sich über die fröhlichen Gäste. Sie hätten sie vermisst, wenn sie einmal ausgeblieben wären.

Man merkte es deutlich, dass der Winter zu Ende ging. Die Tage wurden länger. Der Wind blies warme Regenluft daher. Langsam schmolz das Eis auf dem See. Jeden Tag leckte die Sonne mehr vom Schnee weg und bald liefen viele Bächlein durch die Wiesen dem See zu.

„Der See wird überschwappen, er ist schon ganz voll!“, schrie Schwipp eines Morgens. Der kleine Schwapp machte gleich ängstliche Augen und wiederholte: „Ja, ja, er ist ganz voll. Zu viel Wasser, zu viel!“

Da lachte der Wasserpantscher, der schon munter geworden war: „Keine Sorge! So gehört es sich eben, wenn der Frühling kommt. Alle Wasser fließen und der See steigt!“ Er war jetzt sehr fröhlich, der gute Grüne, denn er freute sich, dass seine „schwimmende Insel“, sein Floß, bald wieder auf dem Wasser schaukeln würde. Hei, dann begann erst wieder das richtige Leben für ihn!

Auch für die Schneemänner veränderte sich jetzt manches. Waren sie am Morgen noch fest und hart gefroren, fühlten sie sich gegen Mittag, wenn die Sonne auf sie schien, seltsam schwach und müde. Sie hatten größte Mühe, das Brettchen mit dem Futter zu halten. Dabei kamen jetzt immer mehr hungrige Gäste. Finken, Meisen, Spatzen, Amseln und

Kleiber schwirrten um sie herum und hatten großen Appetit. Sie setzten sich ohne Scheu auf die Schultern des Schneemannes oder auf den Kopf der Schneefrau, zwitscherten und lärmten. Aber das freute ja Herrn Mipp und Frau Mupp. Sie hätten nichts dagegen gehabt, wenn es so weitergegangen wäre.

Eines Tages stand die Sonne schon groß und hell am Morgenhimmel, da seufzte Frau Mupp: „Ist das aber grässlich warm heute! Ich bin so schrecklich müde. Geht es dir auch so, lieber Mipp?"

„Ja, mir ist auch recht seltsam zu Mute. Ich bin auf einmal so reiselustig. Am liebsten würde ich davonlaufen, wenn ich überhaupt laufen könnte. Seltsam, seltsam!"

Die beiden Schneemänner waren beunruhigt. Dass es der nahende Frühling war, wussten sie ja nicht.

In den nächsten Tagen spürten sie aber immer deutlicher, dass sich eine Veränderung vorbereitete.

Vielleicht ahnten sie auch, dass eine weite Reise bevorstand. Viele Bächlein liefen schon den Hang hinunter zum Wiesengrund. Herr Mipp schaute ihnen nach und murmelte vor sich hin:

„Seltsam, seltsam, ich habe Sehnsucht nach dem großen Wasser, nach einem ganz großen Wasser. Dorthin, wo alle Bächlein eilen …"

„Meinst du wirklich, dass wir verreisen sollten?", sagte Frau Mupp. „Ach, wenn ich nur nicht so müde wäre! Ich fühle mich weich und schwach."

Alle beide hatten noch einen ge-

heimen Kummer: Sie fühlten, dass sie bald zu schwach sein würden, um das Brettchen mit dem Körnerfutter zu halten.

Traurig neigte der Schneemann seinen Kopf zur Brust, so dass sein schöner Topfhut ins Wanken kam.

„Wo sollen unsere kleinen Freunde dann ihr Futter finden?", murmelte er. Und da kollerten ihm schon ein paar glitzernde Tränen über die Schneebacken. Aber auch Frau Mupp kamen die Tränen. Sie schluchzte: „Daran ist die Sonne schuld. In den letzten Tagen muss ich immer weinen, wenn ich die Sonne sehe."

Erstaunt blieben zwei schwarzbuschige Eichhörnchen vor dem weinenden Herrn Mipp und der schluchzenden Frau Mupp stehen. Sie konnten es sich nicht erklären, warum der Schneemann und die

Schneefrau so traurig waren, an einem schönen Vorfrühlingstag. Gleich flatterten auch ein paar Kohlmeisen und Finken herbei. Auch sie waren bestürzt.

„Können wir euch helfen? Können wir helfen?“, zwitscherten sie. Aber da weinten Herr Mipp und Frau Mupp noch viel mehr vor Kummer und Rührung. Da kam einer der Finken auf die Idee, den alten Krähenvater herbeizuholen. Der wusste sicher Rat und Hilfe!

Sie fanden den Krähenvater auf der höchsten Spitze einer Fichte. Er saß da ganz still und blickte nachdenklich über das Land. Auf einmal krächzte er: „Krah, es wird Frühling! Es wird Frühling, krah, krah!“

Die Finken flogen zu ihm hinauf und riefen ihm zu:

„Der Schneemann und die

Schneefrau unten am Waldrand sind so unglücklich! Sie weinen. Wir wissen nicht, was ihnen fehlt. Hilf ihnen, Krähenvater. Komm und hilf!"

Da flatterte der Krähenvater hinunter zur Wegkreuzung am Waldrand. Schwerfällig ließ er sich vor dem Schneemannpaar nieder und schaute die beiden ernst und schweigend an. Rundum hatten sich Vögel und Eichkätzchen versammelt, kurz alle Freunde der Schneemänner. Sie warteten gespannt, was der Krähenvater wohl sagen würde.

Ungeduldig fragte das rotbraune Eichhörnchen: „Na, was ist?" Und auch der Buntspecht rief: „Warum weinen sie? Wer hat ihnen etwas Böses getan?"

„Niemand", krächzte der Krähenvater, „sie weinen nicht, sie

schmelzen. Der Schnee, aus dem sie gemacht sind, schmilzt in der Sonne."

Der alte Krähenvater war ein kluger, erfahrener Bursche. Er kannte die Jahreszeiten, er kannte den Wald und er wusste um das Werden und Vergehen in der Natur.

Er nickte den Schneeleuten freundlich zu und krächzte:

„Ja, ja, so ist es: Jeder muss einmal Abschied nehmen. Jeder hat seine Zeit. Die Zeit des Winters geht dem Ende zu. Der Frühling kommt über das Land. Langsam werden Schnee und Eis aus dem Wald verschwinden. Aus dem Winterwald wird ein Frühlingswald werden, schon bald – krah, krah – schon bald!"

Da unterbrach ihn Frau Mupp: „Deshalb sind wir nicht traurig. Nein, nein, es ist nicht wegen uns –

wir wollen ja doch auf die Reise gehen. Mein Mann freut sich schon sehr, aber ..." Und da schluchzte die gute Schneefrau laut auf und konnte nicht mehr weitersprechen.

„Krah, was ist es denn, das euch so traurig macht?"

„Ach, es ist die Sorge um unsere kleinen Freunde. Wir können das Brett mit den Nüssen und Körnern und Krümeln nicht mehr halten. Wo sollen sie denn dann ihr Futter finden?" Die Schneefrau sank verzweifelt zusammen und da fiel das Brettchen, das ihnen die Unter- und Oberwurzelbacher Schulkinder zum Halten gegeben hatten, zu Boden. Auch Herr Mipp hatte nicht mehr die Kraft, es festzuhalten.

„Ach so ist das?" Der Krähenvater blinzelte gerührt von einem zum anderen. Und alle Vögel und

Eichhörnchen in der Runde riefen ebenfalls: „Ach, sooo ist das? Nun, wenn es nichts Ärgeres ist ...!"

Sie schauten alle ganz fröhlich drein. Die Eichhörnchen nickten vergnügt mit den Köpfen.

„Aber ist das nicht schlimm genug?", wunderte sich Herr Mipp. Und auch Frau Mupp sah verständnislos drein.

Da spazierte der Krähenvater auf die beiden zu und sagte:

„Krah, krah, ihr irrt, meine Lieben, ihr irrt! Eure kleinen Freunde bleiben nicht in bitterer Not zurück. Sie werden jetzt wieder selber Futter finden. Wenn der Schnee von den Wiesen und Feldern schmilzt, wenn eure Reisezeit gekommen ist, dann finden auch sie wieder reichlich Futter ringsum. Ihr braucht euch um sie keine Sorgen zu machen. Die kalte Winterszeit mit ihrer Not ist vorbei. Und alle eure gefiederten Freunde, denen ihr so geholfen habt, wollen es euch jetzt danken!"

Auf ein Zeichen des Krähenvaters hin begannen die Vögel ringsum zu singen. Es klang zwar noch ein wenig schüchtern und ungeübt, denn während des Winters hatte man ja kaum eine Vogelstimme im Wald gehört, aber es wurde doch ein fröhlicher Dankeschor für die Schneemänner.

Die waren erstaunt und gerührt. Für sie war es wirklich ein Trost, was der Krähenvater gesagt hatte. Und dass sie nun so bedankt wurden, freute sie ganz besonders.

Es kam alles so, wie sie es gehört hatten. Nach ein paar wärmeren Tagen gingen Herr Mipp und Frau

Mupp sehr vergnügt auf ihre große Reise. Und sie mussten nicht mühsam davonstapfen, nein, sie liefen als glucksende Bächlein den Hang hinunter. Eines rechts und eines links den schmalen Weg entlang, dorthin, wo alle anderen Wässerlein zusammenflossen. Da gab es viel zu erzählen mit Glucksen und Rauschen, bevor sie in den Fluss sprangen und mit ihm weiterreisten in den Strom und zuletzt ins große, weite Meer.

Die Freunde aus dem Winterwald hatten ihnen noch ein herzliches Lebewohl zugerufen. Die Oberwurzelbacher Schulkinder aber hatten ihnen zum Abschied ein besonderes Geschenk gemacht.

Viele kleine Papierschiffchen hatten sie gefaltet und ihnen als Begleitung auf die Reise mitgegeben. Die waren zwar nicht bis zum großen Meer gekommen, aber Herr Mipp und Frau Mupp waren sehr stolz darauf gewesen.

12.

Winter, ade!

Am Morgen lag Nebel über dem See. Die Eisdecke war schon fast geschmolzen, nur an den Rändern glitzerte noch das Eis. Auch der Schnee, der an manchen Stellen des Waldes hoch angeweht war, wurde weniger. Am Waldrand, wo die Sonne länger hinschien, war er ganz verschwunden.

Jeden Tag, wenn die Kobolde aus ihrer Baumhöhle krochen, entdeckten sie etwas Neues. Einmal waren es Schneeglöckchen, die an einem geschützten Platz ihre weißen Köpfchen in die Höhe streckten. Oder sie fanden in einer Erdfurche zwei kleine, wollige

Hasenkinder, die sie neugierig und vertrauensvoll anstarrten. Viele Vogelfamilien waren schon zurückgekehrt. Nester wurden hergerichtet, Nistmaterial herbeigeschleppt. Es dauerte nicht lange, da gab es in den Nestern kleine Eier, weiße, braune oder grüne.

Die Winterschläfer wachten auf, einer nach dem anderen. Sie hielten Ausschau in der Umgebung. Alte Freunde begrüßten einander. Die alten Kobolde, Rindenhut, der Schilfmeister und der Wasserpantscher, waren auch wieder tätig. Nach der langen Winterszeit gab es viel zu tun. Die Koboldbrüder Schwipp und Schwapp aber waren froh, dass sie wieder ungehindert umherstreifen konnten. Die Wasserfläche des Sees zog sie besonders an. Wann würde denn der

Grüne seine „schwimmende Insel" aus dem Versteck holen? Wann konnte man damit wieder über den See fahren? Neugierig schlichen sie um den Schilfbau des Wasserpantschers herum. War es nicht endlich so weit?

Die kleinen Lausbuben kannten ja nichts Schöneres, als mit dem Grünen auf dem Wasser zu schaukeln, begleitet von Fischen, Fröschen und Lurchen. Nur die letzten Eisreste hinderten sie daran. Ungeduldig hielten sie jeden Tag Ausschau.

Eines Tages war es endlich so weit!

Der Häher, der vorbeiflog, rief ihnen zu: „Der Winter ist vorbei, vorbei!"

Hei, da sprangen Schwipp und Schwapp auf die Beine. Sie purzelten förmlich aus der Baumhöhle und liefen, so schnell sie nur konnten, hinunter zum Seeufer.

Hier war der Grüne schon an der Arbeit. Auf seinen breiten, großen Füßen watschelte er durch das Ufergebüsch. Er bog die Schilfhalme auseinander und mühte sich, das Floß freizubekommen.

„Warte, wir helfen dir, Wasserpantscher! Wir helfen dir!", schrien die Koboldbrüder.

„Ja, ja, eure Hilfe kenn ich schon", quakte der Grüne, „ihr steht mir nur im Weg herum, ihr haltet mich nur auf!"

„Nein, nein, wir können sehr nützlich sein, du wirst sehen. Wir hacken das Eis weg und schieben die schwimmende Insel aus dem Schilf!", rief Schwipp.

„Sehr nützlich! Wir sind sehr nützlich ...", plapperte Schwapp

ihm nach. Dabei rutschte er auf der Eisplatte aus, auf der er stand, und wäre beinahe ins Wasser gefallen, wenn ihn der Grüne nicht rechtzeitig erwischt hätte.

„Na, da haben wir es ja mit eurer Hilfe, mit eurer Nützlichkeit!“, schimpfte er. „Geht mir lieber aus dem Weg, damit ich mit meiner Arbeit fertig werde!“

Ein Froschchor quakte schadenfroh. Aber Schwipp und Schwapp ließen sich nicht vertreiben. Mit großen Augen schauten sie zu, wie sich das Floß aus Ästen, Moos und Grasbüscheln aus dem Schilf löste. Wie der Wasserpantscher es mit seinen starken Armen hinausschob in das freie Wasser. Wie er mit der langen Ruderstange hantierte. Ja, und da war der große Augenblick, auf den sie so sehnsüchtig gewartet hatten: Die schwimmende Insel war bereit für ihre erste Fahrt.

„Nimm uns mit, bitte! Nimm uns mit, Wasserpantscher!“, schrien Schwipp und Schwapp. Sie liefen hinter dem Grünen her und packten ihn bei den Händen. Ihre kleinen runden Gesichter schauten flehend zu ihm auf.

Der Wasserpantscher hatte ein weiches Herz, er konnte nicht nein sagen. So schmunzelte er nur:

„Na meinetwegen, ihr Quälgeister, so kommt mit. Aber keine Dummheiten, hört ihr!“

„Nein, nein, wir machen keine Dummheiten!“, versprach Schwipp.

„Bestimmt keine Dummheiten!“, versprach auch Schwapp. Da ließ sie der Wasserpantscher auf sein Floß klettern und stieß vom Ufer ab.

„Jetzt ist der Winter zu Ende, nicht wahr?", sagte Schwipp. Er stupste seinen Bruder mit dem Ellbogen an und sie sangen zusammen:

„Winter, ade, scheiden tut weh,
aber dein Scheiden macht,
dass mir das Herze lacht.
Winter, ade, scheiden tut weh!"

Der Grüne nickte. „Ja, so ist es nun einmal: Der Winter geht und der Frühling kommt. Und später dann geht der Frühling und der Sommer kommt – und nachher?"

„Der Herbst und der Winter ...", rief Schwipp, „das stimmt doch, Wasserpantscher?"

„Ja, ja, das stimmt. Man nennt es die Jahreszeiten. Merkt euch das, ihr kleinen Schlingel!" Der Grüne zog die Ruderstange ein, setzte sich nieder und ließ die Beine ins

Wasser baumeln. Es war noch sehr kalt, aber das machte ihm nichts aus, er war ein abgehärteter Bursche, der alte Wasserpantscher.

Und weil Schwipp und Schwapp einmal schwiegen, weil es so schön still war auf dem See und weil er so überaus zufrieden war mit diesem angenehmen Tag, schmunzelte er vor sich hin und quakte:

„Ja, ja, so ist das und so wird es auch bleiben: Alles hat seine Zeit – der Frühling, der Sommer, der Herbst und der Winter. Und jede Zeit in unserem Wald ist schön."

Da nickten die Koboldbrüder. Ja, das fanden sie auch. Im Wald am See, der ihre Heimat war, gefiel es ihnen immer. Ganz gleich, ob nun die Sonne schien oder der Schnee vom Himmel fiel. Hier war es am schönsten.